달빛 조향사 ㄱ

가프 현대 판타지 소설

초판 1쇄 찍은 날 § 2021년 8월 11일
초판 1쇄 펴낸 날 § 2021년 8월 18일

지은이 § 가프
펴낸이 § 서경석

총괄팀장 § 노종아
편집책임 § 신나라
디자인 § 스튜디오 이너스

펴낸곳 § 도서출판 청어람
등록번호 § 제387-1999-000006호
등록일자 § 1999. 5. 31
어람번호 § 제1-3148호

주소 § 경기도 부천시 부일로 483번길 40 서경B/D 3F (우) 14640
전화 § 032-656-4452 팩스 § 032-656-4453
http://www.chungeoram.com
E-mail § chungeorambook@daum.net

ISBN 979-11-04-92368-5 04810
ISBN 979-11-04-92324-1 (세트)

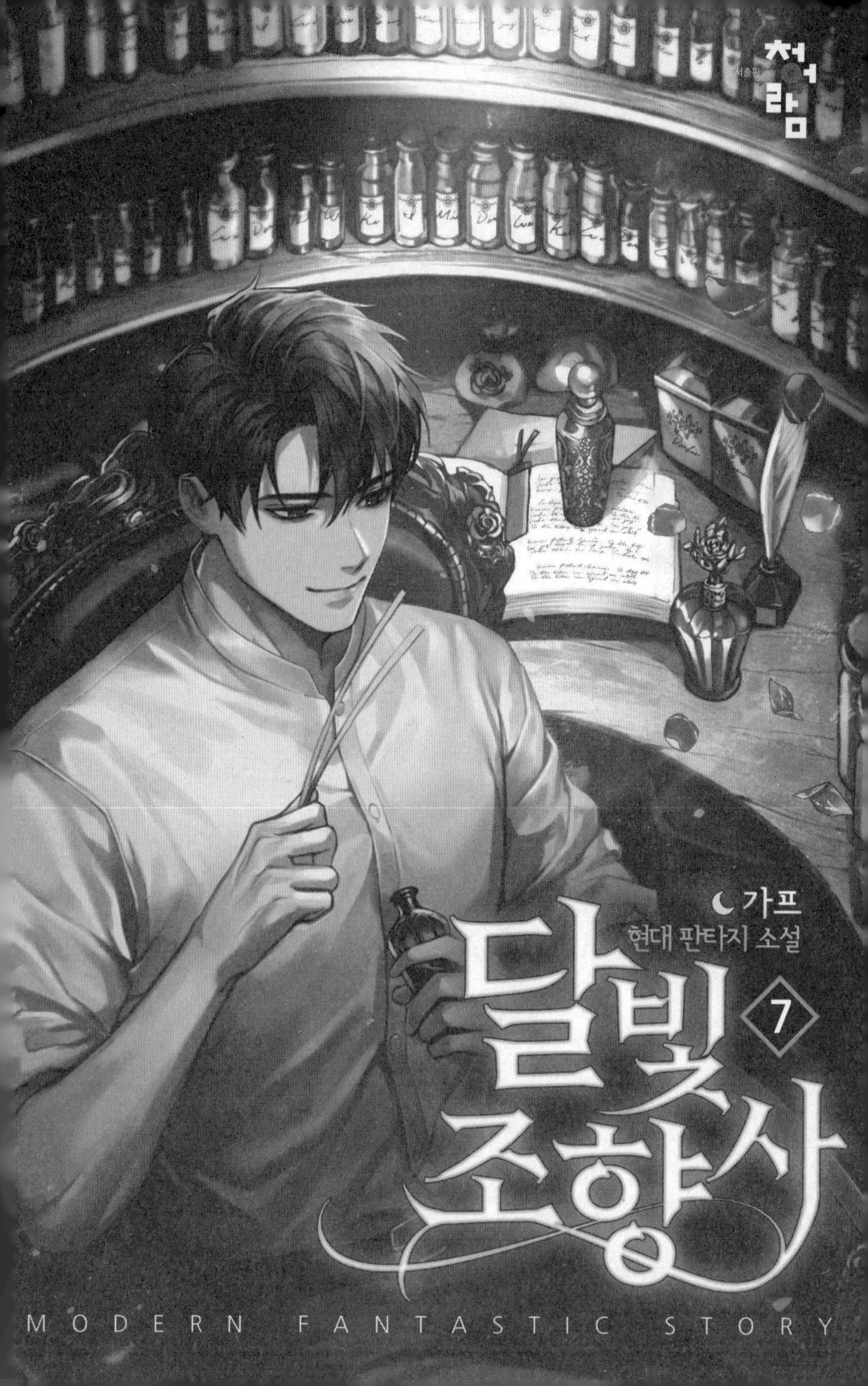
도서출판 청어람
가프
현대 판타지 소설
달빛 조향사
7
MODERN FANTASTIC STORY

달빛
조향사

목차

제1장

—

상하이 재벌 딸 추진진 II

이 작품은 '픽션'입니다. 오직 '소설'로만 읽어주시기 바랍니다.

없었던 것으로 하겠습니다.

강토의 폭탄선언이 나왔다.

"지금 뭐라고 했어요?"

추진진이 발끈하고 나섰다.

"작품 자체의 권리까지 넘기지는 않는다고 했습니다."

"헐."

"죄송하게 되었습니다."

"좋아요. 세상에 조향사가 당신만 있는 줄 알아요? 프랑스 최고의 조향사도 1억이면 끽한다고요."

"저는 한국의 조향사입니다. 그리고 너무 오버하지는 마십시오. 당신은 어차피 이 향수를 가져야 할 테니까요."

"누구 마음대로요?"

추진진이 돌아섰다.

"추진진."

루옌이 잡아 보지만 이미 선을 넘은 추진진이었다.

"강토야."

루옌이 강토를 돌아보았다. 하얗게 질린 얼굴이 또렷했다.

"……."

"다시 생각해 보면 안 돼? 나 때문에 이러는 건 아니야."

"알고 있습니다. 누나가 그런 사람 아니라는 거."

"네 할아버지 그림도 그렇고 상하이 전시회도 그렇고… 척을 지면 좋을 게 없어."

"루옌 누나."

"왜?"

"우리 할아버지 성격 잊으셨군요?"

강토 입가에 미소가 피었다.

"지금이 웃을 때야?"

"아니면 울까요? 이 아름다운 향 안에서요?"

"강토야……."

"우리 할아버지, 저쪽에서 저를 누르려고 하면 상하이 전시회 포기할 겁니다. 그분은 그런 분이세요."

"그건 그렇지만……."

"걱정되세요?"

"아니면?"

"돌아가서 쉬세요. 추진진은 돌아올 겁니다."

"뭐라고?"

"저 한번 믿어 보세요. 추진진은 돌아온다고요."

"강토야."

"제 향수, 그렇게 허접하지 않거든요. 맡지 않았다면 모를까 추진진은 이미 제 향수를 느꼈어요. 결코 벗어나지 못합니다."

"네가 몰라서 그러는데 추진진 성깔이 보통이 아니야."

"제 향수는 그보다 높은 곳에 있습니다. 그것도 모르고 추진진에게 소개하신 건가요?"

"……?"

"오늘 수고 많으셨습니다. 저는 추진진의 향수를 완성시켜야 하니 먼저 가세요."

강토가 문을 가리켰다. 그 표정은 태산이라도 들어앉은 듯 묵직했다. 루옌은 더 이상 말을 건네지 못했다.

강토는 다시 조향 오르간 앞이었다.

추진진.

중국 재벌 딸인 그녀.

강토에게 숙일까?

당연하지.

강토는 의심하지 않았다.

향은 마법이다. 한번 홀리면 거역할 수 없다. 눈을 감아
도 향이 음미된다. 코끝을 타고 들어와 의식을 적셔 버리는
향…….

추진진은 이미 그 마법을 경험했다. 화가 가라앉으면 그 향
이 피어오를 것이다. 그때가 되면 그 향은 더 또렷해진다.

비커를 당겨 주정을 부었다. 100ml 세 병에 50ml 네 병, 딱
일곱 병만 만들 생각이었다.

그때 핸드폰에 불이 들어왔다. 할아버지였다.

"곽파오 아저씨 전화 왔죠?"

강토가 선수를 쳤다.

—너, 이제 청각까지 트인 거냐? 아니면 우리 집에 몰카 설
치?

"추젠화 회장님 따님 얘기하시죠?"

—엥? 몰카 확실하네?

"아니거든요."

—그래. 대체 무슨 일이냐? 추 회장이 딸 한번 봐주면 안
되냐고 했다던데?

"제 일이니까 신경 끄세요. 할아버지 전시에는 영향 가지
않을 거예요."

—내가 그런 걸로 꿀릴 사람 아니거든?

"향수 독점 때문에 빈정이 상했나 봐요. 오래가지 않을 거
니까 편하게 주무세요."

—…….

"할아버지."

—오늘 외박이냐?

"시간 정하고 조향하면 향이 각박해져서요."

—알았다. 무슨 일인지 모르지만 네 멋대로 해라. 추젠화건 곽파오건 내 손자는 절대로 못 건드리니까.

할아버지의 기염이 통화로 전해 왔다.

'역시…….'

할아버지는 내 편이다.

강토 마음이 든든해졌다.

이른 아침, 강토는 조향에 몰입했다. 새벽처럼 일어나 오르간 앞에 앉은 것이다. 향수에 대한 열망은 끝이 없었다. 드라마틱하게 얻은 후각 때문인지도 몰랐다. 지상의 모든 냄새가 고마웠다. 그렇기에 향수를 만들지 않고는 견딜 수 없었다.

오늘은 백화점 향수들이었다. 금란백화점의 향수는 매월 다르게 만들었다. 그달의 일기예보도 참고를 했고 백화점의 기획도 참고를 했다. 달콤한 향을 조금 더 넣을 때도 있고 시원한 향을 더 넣을 때도 있었다. L 백화점의 점내 향수는 향조를 달리했다. 부산점이 바다와 가깝기 때문이었다. 사람들은 모르지만 건물에도 고유의 냄새가 있다. 항구도시는 해풍에 더불어 선박들의 디젤류 냄새까지 배어든다. 감귤 껍질과

정향을 강화해 상쾌하고 따뜻한 이미지를 더해 주었다.

몇 달 사이 엄청난 일감이 밀려들었다. 큰 거래처 몇 곳이 새끼를 쳤다. SS병원의 향수 의뢰도 그중 하나였다.

"싫어요."

암 조기진단에 참여하던 날이었다. 한 꼬마의 비명과 발악이 시작이었다.

공황발작이 있는 아이였다. MRI를 찍어야 하는데 흥분과 불안으로 거부를 하는 것이다. 아이의 발악이 극한에 도달하니 의사도 간호사도 난감할 뿐이었다.

작은아버지가 혼자 중얼거렸다.

"닥터 시그니처, 저런 데 쓰는 향은 없냐? 아이를 안정시켜서 MRI 찍게 하는."

"있죠."

강토가 답했다.

가방에 든 몇 가지 기본 향료로 즉석 향을 만들어 주었다. 진정 작용을 하는 라벤더와 장미 향이었다. 게라니올도 유용하다. 그 향을 오렌지와 바닐라에 더해 아이 침상 침대와 환자복에 고루 분사를 했다. 발작에 지쳐 잠들었다 깨어난 아이, 약간의 거부감이 남았지만 그럭저럭 촬영을 마쳤다. 그 말을 들은 어린이 치과 과장도 요청을 해 왔다.

치과의 공포를 줄일 수 있는 향.

뭐 없어?

"있죠."

강토가 답했다. 역시 라벤더와 오렌지의 결합이었다. 치과 의자에 이 향을 뿌려 놓자 아이들의 거부감이 줄어들었다. SS병원은 결국 어린이 환자의 진료 편의와 의료진의 피로감을 덜기위해 공식 주문을 해 왔다. 그건 백화점 조향이 끝난 후에 만들 생각이었다.

첫 번째 조향이 끝났을 때 핸드폰이 울렸다. 루엔이었다.

"굿모닝."

태연하게 전화를 받았다.

─나는 그닥 굿모닝 아니거든?

"누나가 그렇게 소심한 줄 몰랐는데요?"

─나는 네가 그렇게 대범한 줄 몰랐거든.

"……"

─추진진 말이야…….

"아직 연락 없는데요?"

─아직? 그럼 너는 진짜 추진진이 뚫고 들어올 거라고 생각하는 거야?

"네."

─윤강토.

루엔이 각을 세울 때 전화가 들어왔다. 추진진이었다.

"전화 왔네요. 받지 말까요? 아니면 누나가 끊을래요?"

─받아, 내가 끊을게.

루엔은 두말없이 통화를 끝냈다.

"여보세요."

태연하게 전화를 받았다.

—여보세요.

추진진은 아직도 자존심이 앞서고 있었다.

"제가 지금 백화점 조향 때문에 좀 바쁘거든요? 그러니까 나중에 연락하시죠."

—대문 앞이에요. 문 좀 열어 줘요.

대문 앞이란다.

강토의 예상이 맞아떨어지는 소리였다.

퉁명스럽지만 기세는 꺾여 있었다.

'유후.'

강토가 주먹을 불끈 쥐었다. 계산이 적중한다는 건 언제나 기분 좋은 일이었다.

"닥터 시그니처."

"……."

두 사람이 마당에서 만났다.

"어떻게 오셨죠?"

강토가 물었다. 일부러, 마른 꽃잎처럼 건조하게 말했다.

"……."

"……."

"이것……."

그녀가 향 망을 들어 보였다. 어제 강토가 준 것이었다. 향 망의 향은 거의 가셨다. 보통 사람이라면 흔적밖에 느낄 수 없다. 제대로 만든 거라면 아직도 향이 나야 했다. 하지만 저 향 망은 샘플로 만든 것이니 퍼퓸급 지속력이 아니었다.

"마법이더군요."

"……."

"굉장히 화가 났었어요. 거액을 쓰고도 대접받지 못할 때의 기분, 아세요?"

"……."

"곽 대인에게 푸념도 하고 짜증도 냈죠. 다른 때라면 스트레스 때문에 수면제를 먹어야 했을 거예요."

"……."

"그런데, 향망을 다시 음미하는 순간 잠이 오더군요."

"……."

"조금 일찍 일어나기는 했어요. 그리고 그 새벽에 알았죠. 당신의 향수는 거액으로 지배할 수 없다. 심지어 3억 정도로는."

"……."

"향수, 다시 부탁해요. 내 고집은 여기 내려놓을게요."

"진심인가요?"

"네."

"아침 일찍 중요한 일이 있다면서요?"

"이 향수가 더 중요한 거 같아서요."

"그쪽 스케줄의 시간은 늦었나요?"

"아직 늦지는 않았지만……."

"잠깐 들어오세요."

강토가 먼저 돌아섰다.

"이거 맡아 보세요."

강토가 작은 비커를 내밀었다. 즉석에서 만든 향수였다.

"……?"

추진진의 정신 줄은 단숨에 상쾌해졌다. 향수는 감귤 껍질과 정향에 백단향 노트를 섞어 만든 것.

"어떠세요?"

"머리에 상쾌한 햇살이 들어온 것 같아요."

그녀가 웃자 다음 향수 서비스가 이어졌다.

토톳.

어깨와 손목에 그녀의 시그니처를 묻혀 준 것이다.

"아……."

그녀의 긴장이 눈 녹듯 녹아 버린다. 어젯밤 내내 꿈결처럼 아른거리던 그 향수였다.

"밤새 완성된 당신의 시그니처입니다."

"네?"

추진진의 눈동자가 미친 듯이 확장되었다.

"당신······."

"당신이 올 줄 알고 있었습니다. 만약 오지 않았다면 제가 제대로 된 조향사가 아니었겠죠. 그 정도의 시그니처를 만들지 못한다면 독립 하우스를 가질 이유도 없고요."

"닥터 시그니처······."

추진진의 감정에 파도가 친다. 체취도 순하게 변했다.

"아직 늦지 않았다면 아침 스케줄을 마치고 오세요. 그런 다음에 어떤 용기에 담을지 고르셔야죠."

"닥터 시그니처······."

"어서요? 늦기 전에."

"알겠어요. 금방 다녀올게요."

추진진이 환하게 웃었다.

                    *   *   *

"진짜야?"

루옌은 벌써 세 번째 묻는 중이었다.

"그렇다니까요. CCTV라도 보여 드려요?"

용기를 고르던 강토가 되물었다.

"말도 안 돼. 추진진 자존심이 만리장성급인데······."

"추진진이 좋아하는 건 빨간색인가요, 황금색인가요? 제가 볼 때는 빨강인데?"

"빨강 좋아하지. 하지만 황색도 좋아해."

"그럼 황색 병으로 준비해야겠군요."

강토가 금빛 용기를 집어 들었다.

"배 실장."

상미를 불러 용기 준비를 제대로 시켰다. 3억짜리 고객에게 삐죽 샘플을 내밀고 고르라고 할 수는 없었다.

"닥터 시그니처."

하우스를 오픈하기 직전, 추진진이 들어섰다. 표정이 굉장히 밝았으니 어제 같은 찬바람은 불지 않았다.

"추진진."

"언니도 왔네요?"

추진진과 루옌이 인사를 나눈다.

"이것 좀 봐요."

추진진이 손목을 내민다. 재스민 향이었다.

"미치겠어. 피부 트러블도 없고 시간이 지날수록 향이 더 좋아져요."

"진짜네?"

루옌이 손목을 확인한다. 재스민 향은 지천인데 피부는 매끈했다.

"닥터 시그니처, 제가 왜 늦은 줄 아세요?"

강토에게 살가워진 추진진······.

"이게 늦은 건가요?"

"그럼요. 인터뷰였는데 굉장한 일이 생겼다고 간단히 하자고 했거든요."

"그런데요?"

강토가 웃으며 물었다.

"인터뷰 진행할 기자와 카메라맨, 심지어는 보조 스태프와 작가까지 제 향에 넋이 나가 버린 거예요."

추진진의 목소리가 자꾸 높아진다.

"언니, 어제처럼 말이야. 그 사람들 선망의 눈초리 기억하지?"

"당연히. 지금 내 눈이 그렇지 않니?"

"언니."

추진진이 루엔의 어깨에 기댔다. 애정의 과시였으니 분위기는 최상이었다.

"용기 고르셔야죠."

잔뜩 달아오른 추진진 앞에 상미가 다가왔다. 황금빛 모란 꽃잎을 깔고 그 중앙을 장식한 재스민 꽃, 향수를 담을 용기는 그 위에 포진하고 있었다. 세 가지 디자인의 황금빛 용기였다.

"이걸로 할래요."

추진진의 선택은 팔각 디자인이었다. 어찌나 행복해하는지 보는 상미와 다인이 다 뿌듯했다.

"제 향수 맛나게 익혀 주세요. Clive Christian's

Imperial Majesty는 다음에 가져올게요. 머잖아 다시 한국에 올 거예요."

추진진이 강토 손등에 키스를 해 주었다. 신뢰가 가득 담긴 키스였다.

두 사람들 배웅하고 돌아오니 작은 사고가 생겼다. 재스민 샘플 향을 시향한 상미와 다인이 뻑 가 버린 것이다. 물론 상미보다는 다인 쪽이었다.

"정신 차리고 제목이나 짓자."

향에 체한 걸 풀어 주기 위해 커피콩을 내밀었다. 하지만 상미와 다인이 거부권을 행사했다.

"싫어. 이 천국, 조금 더 누리고 시포."

제2장

―

쇼콜라티에의 비밀

Whiteness temptation, 여신 강림, 치명적 설렘, 리얼 킬러.

추진진의 향수 타이틀로 경합되던 제목들.

조금 파격적으로 리얼 킬러를 택했다. 향수의 이미지와는 다르지만 언밸런스한 제목이 주는 대조에 끌린 것이다. 상미의 제안이었고 강토가 받아들였다.

"Clive Christian's Imperial Majesty?"

오늘 쓸 알람빅 재료를 손질하던 상미가 물었다.

"응."

강토 대답은 태연했다.

"말도 안 돼. 진짜 그걸 가지고 있단 말이야?"

"추진진의 아버지, 그보다 더한 것도 살 수 있을걸?"

"부럽다. 우리 아버지는 뭐 그렇게 급하다고 그런 것도 하나 안 사 주고 먼 길 가셨대?"

"대신 이렇게 씩씩한 배상미를 남겼잖냐?"

다인이 다가와 상미의 엉덩이를 쳐 주었다.

"그렇지?"

상미 표정이 밝아진다. 알람빅에서 향수가 증류되기 시작한다. 오늘은 감귤 껍질이다. 그렇잖아도 싱그럽던 하우스 냄새가 구석구석 상큼하게 물들어 나갔다.

3억 입금.

오래 생각하지 않았다. 강토의 자부심은 돈이 아니라 향수였다. 또 하나의 작품이 나왔다는 것. 그게 돈보다 중요했다. 조향사는 결국 향수로 말하는 것이니까.

상큼한 출발 때문이었을까?

은나래의 소개로 찾아온 아나운서와 강남 1타 여강사의 시그니처 예약을 끝냈을 때 엄청난 전화가 들어왔다.

목소리의 주인공은 스타니슬라스였다.

"박사님."

조향실의 강토 목소리가 매장까지 흘러 나갈 정도로 반가웠다.

—닥터 시그니처, 안녕하시지요?

"그럼요, 박사님은요?"

―하우스 오픈 때 못 가서 미안합니다.

"그건 이미 말씀하셨잖아요?"

―진짜 가고 싶었거든요. 피미니시의 메디치도 그랬고요.

"영광인데요? 그런데 이제는 저한테 편하게 말씀하셔도 됩니다."

―그럴까요? 아무튼 그래서 그 빚을 갚으러 가고 있습니다. 아니지, 실은 내가 궁금해서 못 견딜 지경이네요.

"한국 나오시는 길이라고요?"

―아마 저녁 때 도착할 것 같습니다. 내일이면 만날 수 있을 겁니다.

"와우, 벌써부터 기다려지는데요?"

―그동안에도 향수 많이 만들었죠?

"그렇기는 한데 박사님 마음에 들지 모르겠습니다."

―들 겁니다. 나는 확신해요.

"제가 공항으로 갈까요?"

―아뇨. 내가 일행이 있거든요.

"네……."

"하우스 위치는 알고 있으니 내일 뵙겠습니다."

―알겠습니다. 내일부터는 제자처럼 대해 주시기 바랍니다.

강토가 전화를 끊었다.

"누구야? 메리언?"

강토가 나오자 상미가 애정 담긴 눈총을 주었다.

"메리언?"

"아니면 우리 대표님이 저렇게 반가워할 사람이 또 누굴까? 베티?"

"스타니슬라스 박사님은 어때?"

"와아, 정말?"

상미가 반색을 한다. 그녀도 그라스에서 그를 만났기 때문이었다.

"내일 오신단다."

"어머, 어머… 어떡해, 어떡해."

"야, 뭔데?"

다인이 다가왔다. 강토 말을 듣더니 그녀도 상기가 된다. 다인은 스타니슬라스를 본 적이 없다. 그러나 그가 프랑스 조향의 거물이라는 사실은 알고 있다. 강토와 각별하다는 것도. 심지어는 상미도 역시 그라스에서 그를 만났다는 사실까지.

"아오, 내일은 알람빅 향을 뭘로 뽑을까?"

상미는 벌써부터 안드로메다의 황홀함 속에서 헤매고 있었다.

"야, 내일은 치자 주문했잖아?"

다인이 상미를 상기시킨다.

"치자로 해도 될까?"

상미가 강토를 바라본다.

"평소대로 하자. 어차피 그게 우리 본모습이잖아? 스타니 박사님도 그걸 원할걸?"

"알았어. 치자… 치자……."

"그렇게 좋냐?"

"당연하지. 박사님이 그랬다고 했잖아? 괜히 유럽 조향 학교 노리지 말고 대표에게 배우라고… 나 여기 있는 거 보시면 인생 결정 했다고 칭찬하실 거 같아."

"알았으면 이제 그만해라. 윤 대표, 병원 출장 갈 시간인 거 모르냐?"

다인이 상미를 현실로 데려왔다.

"아, SS병원 환자 안정용 향수 챙겨야지."

상미가 바빠지기 시작했다.

*　　　　*　　　　*

"작은아버지."

SS병원에서 작은아버지를 만났다.

"오, 닥터 시그니처."

진료를 마친 그가 강토를 맞았다.

"안녕하세요?"

하 간호사도 반가운 표정이다. 강토에게서 미니어처를 몇 개 얻은 후로 급 친해진 사이였다.

"커피 드려요?"

그녀가 물었다.

"주시면 좋죠."

"알았어요. 우리 병원 최고급으로 수배해 올게요."

하 샘이 탕비실로 나갔다.

"저 친구, 우리 강토만 보면 싱글벙글이네. 여자들은 향수가 그렇게 좋나?"

"남자도 좋아해요."

"그래?"

"뭐 작은아버지 같은 꼰대 세대들은 더러 거부감을 갖기도 하지만요."

"어이, 나는 거부감 없거든."

"향수 한번 시향 해 보실래요?"

강토가 가방을 열었다. 그사이에 하 샘이 돌아왔다. 커피를 내려놓더니 나갈 줄을 모른다.

"어디 보자… 우리 병원 소아과 환자들을 구제할 향은 어떻게 생겼나……."

치잇.

스프레이가 향을 분사했다.

"오……."

작은아버지가 숨을 멈춘다.

"상쾌, 달큰하기는 한데… 나는 잘 모르겠는데?"

"저도 시향 하고 싶어요."

하 샘은 몸이 달아 있다. 강토가 블로터 하나를 건네주었다.

"흐읍."

하 샘은 콧등이 찌그러지도록 향을 들이마셨다.

"마음이 편안해져요."

감평이 나온다. 하 샘과 작은아버지는 향수를 느끼는 센서의 레벨이 달랐다.

"그러고 보니 조금 그렇기도……."

다시 블로터 냄새를 맡은 작은아버지가 중얼거렸다.

"아후, 우리 과장님은 의술은 갑인데 향수는 영 아니라니까."

하 샘이 의기양양해진다.

"원장실로 가자."

작은아버지가 일어섰다.

"원장실은 왜요?"

"원장님도 이 일에 관심이 많으시거든. 소아과에서 요청했을 때 결재도 흔쾌히 해 주셨고. 그러니 맛을 보여 줘야지. 나도 조카 덕분에 목에 힘 좀 줘 보고."

"그럼 작은아버지 프라이드 좀 높이러 가 볼까요?"

강토가 일어섰다.

*   *   *

"음……."

원장이 시향을 했다.

"일단 가 볼까?"

원장의 관심이 폭발했다.

MRI.

병원 필수 장비다.

질병 진단에도 그렇고 병원 경영에도 효자였다. 하지만 이런 장비에도 벽이 있었다. 폐소공포증이 있거나 공황발작, 혹은 어린아이, 심지어는 겁이 많은 환자들이 그랬다. 심한 경우에는 MRI 안에 들어가는 것조차 거부하는 환자도 있었다.

담담하게 들어간 사람의 3할도 MRI의 문이 닫히는 순간 공포와 긴장을 느낀다. 장치가 작동하기 시작하면 귀에 자극을 받는다. 공포감이 수직 상승 한다.

그렇다고 다른 약물을 투여할 수는 없었다.

그래서 향을 고려하게 되었다. 장치 안에 있는 동안, 긴장을 풀어 주는 향을 맡는다면 어떨까? 이론적으로는 가능했으니 강토와 연결한 것이다. 조기암 진단에 혁혁한 공을 세운 강토였기에 원장도 결재를 했던 것.

촬영이 예정된 환자는 공황발작 증세가 있었다. 8살 아이다. 이틀 전에 시도했던 촬영은 실패로 끝났다. MRI 문이 열리는 순간, 아이가 발작을 했다. 통 안에는 들어가 보지도 못

했다.

그러나 아이의 치료를 위해서는 MRI 촬영이 필요했다.

또 한 아이는 겁이 많았다. 간호사와 수련의가 달랠 때는 하겠다고 하고는 MRI 앞에 오면 초인적으로 버텼다. 공포에 질려 오줌까지 지렸다. 강제로는 진행할 수 없는 상황이었다.

"안녕."

강토가 아이들 병실에 들어섰다. 간호부장과 수간호사, 담당 간호사에 병동 수련의 세 명이 도열을 했다.

「향수로 진정 작용」

그들은 회의적이었다.

"……"

엄마 손을 잡은 아이는 완전 경계 상태다. 하지만 강토가 다가서자 그 경계심이 풀려 버렸다. 전처리용으로 뿌린 향수 때문이다. 다행히 아이들은 어른들보다 후각이 좋았다.

"나한테 무슨 냄새 나지 않아?"

강토가 팔을 들이댔다.

"아몬드요?"

아이가 입을 열었다.

"빙고, 냄새 잘 맡는데?"

칭찬부터 발사했다. 강토가 뿌린 향은 아몬드 노트였다. 이 향은 사람의 기분을 좋게 만든다. 덕분에 아이의 경계심이 살짝 풀렸다.

"그럼 이건 무슨 냄새일까?"

이번에는 모과 향이었다. 모과 향은 상큼하고 달콤하다. 아이의 대답도 비슷했다.

"좋은 냄새요, 상쾌하고 단맛 냄새가 나요."

"이야, 굉장한데?"

강토가 엄지를 세워 주자 아이가 볼을 붉혔다.

이번에는 꽃 냄새를 맡게 해 주었다. 제비꽃과 라벤더였다. 이 냄새들은 사람의 마음을 안정시킨다. 꽃 냄새가 풍기니 아이도 거부감이 별로 없었다.

"문세민?"

침대의 이름표를 보며 물었다.

"네."

"너 몸 사진 찍어야 하는데 겁이 나서 못 했다며?"

끄덕.

"이 냄새 좀 맡아 볼래?"

이제 오늘의 향수가 나왔다. 라벤더와 바닐라에 제비꽃 노트를 조합했다. 아이들을 위해 아몬드 향도 살짝 가미를 했다.

"으흠."

아이가 향을 맡았다.

"어때?"

엄마가 조심스레 묻는다.

"기분이 좋아."

"정말? 그럼 우리 세민이 몸 사진 찍을 수 있겠어?"

"거기서도 이 냄새 맡을 수 있어?"

아이 질문을 받은 엄마가 강토를 바라보았다.

"당연하지. 이 냄새는 저녁때까지도 갈 거야."

강토가 향수를 손목에 뿌려 주었다. 양은 많지 않았다. 어린아이들에게는 향수를 과용하면 좋지 않았다.

아이가 손목의 향을 맡는다. 긴장이 한 꺼풀 더 풀려 나간다.

"해 볼게요."

"진짜?"

아이가 답하자 엄마가 한시름을 놓았다.

"응."

고개를 끄덕이는 아이의 표정은 제법 비장했다.

"선생님."

엄마가 수련의를 돌아보았다. 수련의들은 절반의 넋을 놓고 있다. 그렇게 발버둥을 치던 아이였다. 그런데 이렇게 간단하게 동의를 받다니…….

촬영실로 향했다. 다른 환자의 촬영이 끝나 가는 중이었다. 이 환자는 파킨슨 환자였다.

'파킨슨?'

강토의 호기심이 그냥 넘어가지 않는다. 후각을 세워 보니 머스크 향과 비슷한 냄새가 났다.

이제 아이의 차례가 되었다. MRI 안으로 들어갔다. 원장과 작은아버지, 소아과장과 수련의들은 촬영을 끝까지 지켜보았다. 강토는 물론 향 응급 대처를 위해 자리를 지켰다.

"엄마."

촬영을 끝낸 아이가 엄마에게 달려왔다.

"선생님, 너무 고맙습니다."

인사가 강토에게 돌아왔다. 의사들보다 강토가 먼저였으니 보람이 쏠쏠했다.

문세민을 데리고 다다음 병실로 갔다. 그 아이 역시 같은 과정으로 동의를 받았다. 아이들은 의외로 자기가 한 말에 책임을 잘 진다. 고개를 끄덕거린 그 아이의 MRI 촬영도 성공이었다.

"굉장하군요."

원장이 강토 어깨를 잡았다. 뒤에 서 있는 작은아버지 표정이 밝아진다. 향수가 만든 작은 매직들이다. 돈도 돈이지만 보람이 더 컸다.

"너, 우리 원장님 얼굴 봤지? 이야, 그 양반 완전 뻑 간 표정이었어."

복도를 걷는 작은아버지의 목소리가 높았다.

"작은아버지 체면에 도움이 되었으니 다행이네요."

"체면뿐이냐? 조기암 진단에 향으로 MRI 공포 없애 줘. 나

이러다 부원장 되는 거 아닌가 모르겠다."

"기왕 하려면 원장은 해야죠."

"그러냐?"

"작은아버지는 하실 수 있을 거예요."

"관둬라. 의사는 의술로 승부를 걸어야지 대학병원 감투에 신경 쓰기 시작하면 그건 이미 행정가야."

작은아버지가 강토 어깨를 두드릴 때였다. 반대쪽 병실 복도에서 굉장한 소란이 들려왔다.

와장창.

뭔가 박살 나는 소리도 들렸다. 의사와 간호사들이 뛰어갔다.

"알코올중독자들 병실이야. 누가 또 스태프 몰래 한 병 깠나 보다."

작은아버지가 말했다.

"아직도 술에 전 사람이 많나 보죠?"

"그게 사라지겠냐? 전에는 코로나 스트레스와 실직으로 늘어나더니 최근에는 비대면의 후유증으로 혼술에 빠졌던 사람들의 입원이 늘었다더라."

"그렇군요."

"그리고 보니 금주나 금연은 향수로 안 되냐?"

"안 될 거 없겠죠."

강토가 웃을 때 간병인 둘이 다가왔다. 엉망으로 젖은 담요

와 깨진 병들, 그리고 옷가지들이 그들 손에 들려 있다. 술 냄새까지 찌든 걸 보니 소란을 부린 환자의 것인 모양이었다.

"엄마가 연예인이었으면 뭐 해? 아들은 완전 개네, 개야."

"그러게. 나이도 어린 인간이 정말 개싸가지……."

간병인들의 성토가 강토 옆을 지나간다.

"……!"

순간, 강토 정수리에 짜릿한 반응이 스쳐 갔다.

술 냄새 사이에 섞여 있는 낯익은 체취들…….

'준서 형?'

*   *   *

"잠깐만요."

강토가 간병인들을 세웠다.

그런 다음 옷가지를 집어 들었다.

"이봐요. 그건……."

"그냥 두세요."

작은아버지가 간병인들을 제지했다. 일없이 행동을 취할 강토가 아니었다.

'준서 형.'

옷의 체취를 확인하자 머리카락이 삐쭉 곤두섰다.

"강토야."

작은아버지가 뭐라 할 사이도 없이 강토가 뛰었다.

"잡아, 다리 잡아."

2인실이었다. 하지만 환자는 한 명뿐이었다. 병실은 엉망이었다. 수련의 둘과 간호사 셋이 한 환자를 제압하고 있었다.

"놓으라고, 썅. 놔."

환자가 발버둥을 친다. 그의 손은 작은 컵을 잡고 있다. 자해라도 한 건지 몸에는 선혈 흔적도 있었다.

"페노바르비탈 준비해."

수련의가 간호사에게 고함을 쳤다.

"으아악."

환자의 몸부림이 극에 달한다. 결국 수련의와 간호사들이 그를 놓치고 말았다.

"우워어."

환자는 닥치는 대로 집어 던졌다. 그 팔에서 위태롭게 주렁거리던 링거 주머니가 강토에게 날아왔다.

"준서 형."

강토가 환자를 불렀다. 짧지만 우렁찬 목청이었다.

"......?"

악을 쓰던 환자가 고개를 들었다. 어깨까지 늘어진 머리카락과 덥수룩하게 자란 수염. 부랑자에 가까웠지만 강토 코는 놓치지 않았다.

"형 맞지?"

강토가 다가선다. 그러자 환자의 눈에 지진이 일었다. 붉은 실핏줄은 금세라도 터질 듯 떨렸다.

"형……."

"……."

"대체 무슨 일이……?"

강토가 그 앞에 서자, 부들거리던 환자가 늘어져 버렸다. 바람 빠진 풍선과 다르지 않았다.

"됐어. 잡아, 샷 준비하고."

수련의가 환자에게 달려들었다.

"잠깐만요, 잠깐만요."

강토가 그들을 막아섰다.

"당신 뭡니까? 이 환자는 위험해요. 비켜서세요."

주사기를 받아 든 수련의가 소리쳤다.

"알았어요. 그러니까 잠깐만, 잠깐만……."

"비키라니까요."

두 수련의가 달려들 때 작은아버지가 끼어들었다.

"잠깐만 그냥 둬 보세요."

"……?"

수련의들이 돌아본다. 진료과가 다르기에 작은아버지를 모르는 사람도 있었다. 하지만 2년 차 레지던트가 작은아버지를 알았다.

"이비인후과 과장님?"

"우리 조카일세. 조기암 진단 프로젝트 알지?"

"예……."

"그걸 돕는 후각 전문가이기도 하고."

"하지만……."

"아는 사람 같은데 잠깐만… 지금은 진정되고 있지 않나?"

작은아버지가 팩트를 짚었다. 야수처럼 날뛰던 환자가 얌전해진 건 사실이었고, 그건 강토의 등장 덕분이었다.

수련의가 후배들에게 눈짓을 보냈다. 수련의들이 한 발 물러섰다.

"준서 형……."

강토가 손을 대려 하자 준서가 쳐 냈다.

"어떻게 된 거야?"

"……."

"많이 찾았어. 하지만 다들 형이 외국으로 나갔다길래……."

"……."

"무슨 일인지 말해 봐. 형이 이럴 사람 아니잖아?"

"……."

"형 매장에 쓸 향수도 만들어 놨단 말이야."

"……."

"쇼콜라티에 해야지. 형의 꿈, 쇼콜라티에에. 그런데 이게 뭐야?"

"쇼콜라티에에……."

준서 입에서 야수의 흐느낌을 닮은 소리가 흘러나왔다.

"그래. 쇼콜라티에."

"다 끝난 얘기야."

허망하다. 그 한마디가 너무나 허망했다.

준서가 무릎에 얼굴을 묻었다. 야수의 체취는 이제 체념의 체취로 바뀌어 있었다. 폭주는 끝난 것이다.

"죄송하지만 이제 괜찮습니다. 진정되었어요."

강토가 수련의들을 돌아보았다. 의사들 반응은 반대로 나왔다.

"진정제를 놔야 합니다. 다시 폭발할지 몰라요."

"괜찮다고요. 주사는 필요 없어요."

"어떤 관계인지 모르지만 보호자는 아니잖습니까? 이제 그만 나가 주시죠. 치료에 방해가 됩니다."

수련의가 병실문을 가리켰다.

"닥터 시그니처."

작은아버지가 강토를 불렀다. 그 말에 따르라는 눈빛이었다.

그때 또 다른 체취가 강토의 후각에 들어왔다. 준서 체취와 닮았으니 어머니 이해수였다. 돌아보니 그녀가 서 있다. 그녀를 알고 있는 수련의들이 가벼운 예를 갖추었다.

"어머니……."

강토가 그녀를 바라보았다.

"또 술을 마셨군요?"

이해수가 준서에게 다가섰다. 엉망이 된 환자복을 여미어주며 얼굴에 흐른 피를 닦는다.

"으억."

그 손길을 받던 준서가 다시 무너졌다.

"다들 나가 주시겠어요? 선생님들도?"

그녀가 수련의들에게 말했다. 서로를 바라보던 수련의와 간호사들이 복도로 나갔다.

"가자."

작은아버지가 강토 옷깃을 끌었다. 강토는 움직이지 않았다.

"강토도……."

"죄송합니다."

작은아버지는 나갔지만 강토는 그녀의 희망에 따르지 않았다.

"미안하지만……."

"미안해하지 않으셔도 됩니다. 저는 알아야겠으니까요. 준서 형이 왜 이렇게 되었는지……."

"윤강토, 이건 우리 일이야."

"어머니 아들이겠지만 준서 형은 우리 옴니스 멤버였습니다. 때로는 부모님들보다도 각별한 사이였죠."

"강토야."

"형이 준비 중이던 매장을 본 적이 있습니다. 열정과 희망에 들떠 있었죠. 손님 유치를 위해 제게 향수를 부탁했었습니다. 저는 그걸 만들었고요. 제가 아는 한 준서 형은 이유 없이 이렇게 될 리 없습니다."

"강토야."

"이유를 말해 주세요. 저뿐만 아니라 상미와 다인이도 궁금해하고 있습니다."

"이건 우리 집안일이야."

"옴니스도 가족처럼 뜨겁게 지냈습니다. 유전자는 다르지만 너무 함부로 생각하지 말아 주세요."

"이러면 곤란해. 준서는 안정이 필요하고."

"준서 형이 이렇게 된 것보다 더 곤란한 게 있습니까?"

"윤강토."

"시간이 필요하면 여기서 기다리겠습니다."

벽으로 물러선 강토가 그대로 앉아 버렸다. 맨바닥이었다.

"윤강토……."

"도울 수 있으면 도와야죠. 어머니가 바라는 것도 그거 아닙니까? 병원의 도움이라도 필요해서 입원시킨 것 아니냐고요?"

"……."

"저는 기다립니다."

강토가 잘라 말했다.

"정말 이러면 간호사들 부를 거야?"

이해수 목소리에 힘이 들어갔다.

"그만해요."

준서 입이 열린 게 그때였다. 이해수가 준서를 돌아보았다.

"윤강토 똥고집 아무도 못 말려요. 그 집념으로 막힌 후각까지 돌려세운 친구니까요."

구석에 웅크리고 있던 준서가 몸을 세웠다.

"죄송하지만 제 생각에는 어머니께서 잠깐 나가 주셔야 할 것 같은데요?"

강토가 문을 가리켰다. 그걸 본 준서가 키득, 기괴한 웃음을 터뜨렸다. 음산해 보이지만 어쨌든, 공감의 표시였다.

탁.

문 닫는 소리와 함께 강토와 준서만 남았다.

"……."

"……."

침묵이다. 그저 서로를 바라보는 침묵. 결국 준서가 먼저 시선을 돌렸다.

"형."

강토가 그 침묵을 깼다.

"……."

"알아. 말하기 싫을 거라는 거."

"……."

"아니었다면 형이 말없이 잠적하지도 않았겠지."

"……"

"한 가지만 묻고 싶어. 쇼콜라티에… 포기한 거야?"

"그래."

"왜?"

"그냥… 포기하니까 좀 편하더라."

"진짜?"

"응."

"형."

"……"

"내가 후각이 많이 좋아졌잖아? 어느 정도인 줄 알아?"

"……"

"술… 싸구려 배갈이네? 소주 냄새도 섞였고… 안주 냄새는 없는데 기왕 몰래 마실 거면 안주도 좀 사지 그랬어?"

"……"

"위장은 제법 상했네. 그거 알지? 내가 이 병원 조기암 환자 진단 프로그램에 참가하고 있다는 거. 손윤희 이모 일은 모를 리 없고……"

"……"

"나… 믿을 수 없구나?"

"……"

"그럼 말하지 않아도 돼. 나도 형을 믿지 못하면 내 깊은 고민 말하고 싶지 않을 테니까."

"……."

"진짜 그래?"

"……."

"세상 참 우습다. 내가 후맹으로 고생하면서 좌절할 때, 이
제는 그만 접어야겠다 싶을 때 형이 위로 많이 해 줬잖아?"

"……."

"나는 형에게 그 정도 사람도 될 수 없는 거야?"

"……."

"정말 그러면 돌아갈게. 나는 단지… 나하고 상미하고 다인
이… 우리 옴니스의 정신적 방패이기도 했던 형이… 궁금했었
어. 왜 돌연 잠적을 했는지. 도와줄 일은 없는지."

"……."

"갈게. 형의 고뇌에 나까지 무게를 더하고 싶지는 않아."

강토가 발길을 돌렸다.

사박.

발소리가 병실을 울린다. 그 소리에 집중하던 준서의 입이
천천히 열렸다.

"아버지."

그 단어가 강토 걸음을 세웠다. 준서는 아버지가 없었다.

"형?"

"나한테 아버지가 있더라. 생명체니까 당연하겠지만, 죽은

게 아니고 살아 있더라고."

"……?"

"너도 알 거다. 내가 왜 쇼콜라티에가 되고 싶었는지."

어머니.

그 단어가 떠올랐지만 입 밖으로 내지 않았다. 준서의 어머니는 초콜릿을 좋아한다. 그래서 어머니를 위해 세상에서 제일 맛있는 초콜릿을 만들고 싶다는 게 쇼콜라티에 꿈의 출발이었다.

"엄마 때문이었지. 그런데 알고 보니 우리 엄마는 초콜릿을 그리 좋아하지 않더라고."

"……?"

"아버지… 그 인간이 초콜릿을 좋아했대. 현재 내로라하는 초콜릿 회사의 대표이기도 하고."

"……?"

"그럼 그러지냐? 나는 불륜으로 낳은 자식이었던 거야. 엄마는 그 인간을 사랑했지만 본처가 있으니 결혼할 수 없었고, 결국 나를 임신한 채로 버려진 거고. 그럼에도 그 인간을 못 잊어 그 인간이 좋아하는 초콜릿으로 위안을 삼으며 혼자 살아온 거고."

"형."

"오픈 며칠 앞두고 엄마가 그러시더라고, 내 첫 초콜릿이 나오면 선물할 사람이 있다고."

"……."

"그게 바로 그 인간이었다. 내 아버지라는……."

"……."

"가리온스위트 회장 마병길, 초콜릿 회사 대표. 엄마가 조금 아는 지인이라기에 그런 줄만 알았지……."

"……."

준서는 박준서, 아버지는 마병길.

성이 다른 것만으로도 복잡한 냄새가 났다.

"위선이야. 세상은, 기성세대들은, 그 인간도 우리 엄마도… 나는… 그런 인간들을 위해 초콜릿을 만들기 싫었다."

"……."

"이유를 알았으면 이제 그만 가라. 모든 게 다 귀찮다."

"형."

강토가 준서를 바라보았다. 준서의 시선은 오랫동안 허공에 묶여 있었다. 그렇게 멋져 보이던 사람, 그렇게 열정적이었던 사람. 그러나 옛말이었으니 준서의 눈에는 생기가 없었다. 허망과 건조함이 그득할 뿐.

"원하니까 갈게."

"……."

"그런데 궁금한 게 생겼어."

"……?"

"형, 지금까지 그 사람을 위해 그렇게 치열하게 살았어?"

"……?"

"형 인생 산 거잖아? 학교 끝나면 혼자 연구하고, 방학이면 대가들 찾아가 배우고… 향수가 세상 사람들의 마음을 사로잡듯 초콜릿으로 세상 사람들의 마음을 달달하게 만들 거라고 하지 않았어?"

"……."

"나라면 초콜릿을 더 잘 만들겠어. 그 사람의 초콜릿 따위, 내 작품 앞에서는 깜도 아니다. 당신이 버린 나, 이렇게 잘 자랐다고 시위를 해야지, 셀프로 무너져?"

"너는 내 마음 이해 못 한다."

"못 하지. 누가 형 마음 이해하겠어. 하지만 그런 유의 절망은 나도 좀 알아. 내가 어느 날 갑자기 부모님을 잃고 살아온 거 몰라?"

"윤강토."

"다른 말은 안 할게. 형이 분투한 날을 돌아봐. 해외까지 날아가 불타던 그 열정들… 밤을 하얗게 지새우며 초콜릿 만들었다며? 지구의 종말이 와도 행복할 거 같았다며?"

"……."

"지금 이게 지구의 종말이야? 형 초콜릿을 평생 그 아버지에게 착취당하기라도 해? 나라면 차라리 복수를 하겠다."

"복수?"

"그 인간은 꿈도 못 꾸던 최고의 초콜릿을 만들어서 좌절

모드. 아니면 기막힌 걸 출시해서 그 초콜릿 회사 망하게라도
하든지."

"복수라고?"

준서가 시선을 들었다. 이제 겨우 강토와 각도를 맞춘다.

강토는 느꼈다.

준서의 체취가 살짝 반응하는 걸. 동시에 허망하던 그 동
공에도 결기가 모여들기 시작했다.

제3장

—

초대박 제의를 받다

　탁.

　복도로 나와 문을 닫았다. 창가에 있던 준서 어머니 이해수가 강토를 돌아보았다. 가볍게 예의를 갖추고 돌아섰다.

　박준서.

　너무 반듯하고 너무 의젓하던 사람. 혼자 자란 강토였기에 저런 형이 있으면 좋겠다는 생각도 했었다. 도전적인 자세와 치열한 탐구심. 그렇게 당당하던 사람의 추락은 강토를 아프게 만들었다.

　하지만.

　오래 아파할 시간도 없었다. 상미의 전화가 들어온 것이다.

―대표님.

"어? 왜?"

병원을 나오며 전화를 받았다.

―어디야? 스타니 박사님이 오셨는데?

"스타니 박사님?"

으악.

비명을 지를 뻔했다.

상미의 한마디에 꿀꿀하던 기분이 싹 날아갔다.

부릉.

노란 방개차에 시동을 걸었다.

도로에 올라서며 병원을 돌아보았다.

박준서.

마지막 순간에 살짝 결기가 서던 그의 체취. 허무, 허망이라는 냄새 분자 속에 봉오리가 선 한 송이 꽃. 그 꽃이 활짝 펴 주기만을 바랐다.

흐음.

차를 세우고 후각을 가다듬었다. 담장 옆에 구형 롤스로이스가 보였다. 롤스로이스는 고급 세단의 끝판왕이다. 껍질만 갖춰도 수억이라는 말이 나온다. 그 안에서 스타니슬라스의 체취가 느껴졌다. 스타니슬라스가 타고 온 차인 모양이다.

안녕하세요.

체취에게 먼저 인사를 전하고 안으로 들어갔다.

"대표님."

다인이 달려왔다.

"스타니 박사님은?"

"조향실에 계셔. 상미가 모시고 있고."

"오케이."

활기차게 다인을 지나쳤다.

"닥터 시그니처."

조향 오르간 앞에서 야생화 향료를 시향 하던 스타니슬라스가 돌아보았다.

"박사님."

"오랜만일세."

스타니슬라스는 악수 대신 강토의 어깨를 잡았다. 그의 옆으로 낯선 사람이 보였다. 은은한 향료가 풍긴다. 그 역시 조향 관련자인 것 같았다.

"여기는 로베르토 박사. 향수 비평가시네."

스타니슬라스가 그를 소개했다.

"차는?"

인사를 나눈 강토가 상미를 돌아보았다.

"차보다 대표님 조향실을 보고 싶다고 하셔서……."

"그래도 준비해 줘."

"알았어."

지시를 받은 상미가 조향실을 나갔다.

"하우스가 인상적이군. 닥터 시그니처의 조향 세계를 잘 반영하는 곳 같아."

스타니슬라스가 호평을 했다.

"때마침 좋은 곳이 나와서 자리를 잡았습니다."

"작품은? 기막힌 향 분자들이 코에 아른거리는데?"

"아, 신작이 하나 있는데 시향 해 보시겠습니까?"

"하나뿐인가? 차는 상관없고 향수를 맛보여 주시게."

스타니슬라스는 아직도 상기되어 있었다.

"재스민 향수인데요, 조금 색다르게 접근한 겁니다. 어떨지 모르겠네요."

치잇.

추진진의 시그니처를 블로터에 뿌렸다. 조금 넉넉히 뿌린 후에 두 사람에게 건네주었다.

"......"

스타니슬라스와 로베르토, 둘 다 진지하다. 섣부른 평이 나오지 않는 것만 봐도 알 수 있었다.

그때.

갸웃.

로베르토의 고개가 살짝 기울었다.

"재스민을 메인으로 아이리스와 피치, 피오니가 들어갔군. 마무리는 스웨이드와 이소—E—슈퍼로 한 것 같고?"

"네, 박사님."

"하지만 그게 다가 아니야. 뭔가 한두 가지 더 있는 것 같은데?"

스타니슬라스의 코가 다시 블로터로 향한다.

"어쩌면 더한 게 아니라 뺀 것 같기도 하고… 아무튼 놀랍군. 재스민이 이토록 순결할 수 있다니… 로베르토?"

스타니슬라스가 로베르토를 돌아본다. 그는 여전히 눈을 감은 채 잔향을 감상하는 중이었다.

"기묘하군요. 향 분자가 살아 있는 듯한 생동감, 애절한 호소력에 순결한 센슈얼… 미량의 피치와 피오니만으로는 설명되지 않는데요?"

로베르토가 눈을 떴다.

"맞습니다. 그 향수에는 특별한 냄새 분자가 들어가 있습니다."

"닥터 시그니처가 개발하신 향인가?"

스타니슬라스가 물었다.

"그렇다고도 할 수 있죠."

"계속 애타게 할 텐가?"

"여자의 땀 냄새입니다."

"……?"

의문부호가 찍히는 두 사람의 시선을 보며 강토의 말이 이어졌다.

"건강한 땀에 묻은 재스민의 향… 말 그대로 건강한 센슈얼의 영감이 오더군요. 거기에 아이리스와 스웨이드 노트를 올리니 매력이 한층 배가되었습니다. 제 고객은 만족스러워했는데 어떻습니까?"

"지난번에 받은 샘플들 말일세, 거기에도 재스민이 있었지?"

"그건 가장 재스민다운 재스민을 그려 본 겁니다."

"둘 다 좋은데 이 향은 좀 치명적이군. 그 향이 재스민의 재발견이라면 이건 재스민의 외출 같아. 치명적인 외출……."

"이 작품이 언제 완성된 거죠?"

로베르토가 물었다.

"어젯밤, 아직 따끈해서 맛이 좀 덜 든 편입니다."

"어젯밤?"

로베르토의 눈동자에 작은 파문이 스쳐 간다.

"그런데도 어코드가 이토록 안정적? 게다가 날것의 느낌조차 별로 없고 잔향으로 남는 알데히드 비누 냄새도 없다니……."

"비누 냄새라면 비슷한 게 하나 있습니다."

이번에는 황지유의 막냇동생을 위해 만들었던 아기 냄새 향수를 내놓았다.

"맙소사, 진짜 아기가 코앞에서 새근거리는 느낌입니다."

로베르토는 또 한 번 뒤집어졌다.

"어때요? 내 말대로 비행기값은 별로 안 아까우시죠? 그

럼 두 분이 잠시 얘기를 나누세요. 저는 자연이 불러서 잠
깐⋯⋯."

스타니슬라스가 조향실을 나갔다. 로베르토의 코는 다시
블로터에게 가 있다. 땀 냄새와 아기 냄새 분자에 제대로 꽂힌
모양이었다.

"재스민 향은 내 차에 좀 뿌리면 안 될까요? 차가 냄새가
좀 나서."

로베르토의 돌발 질문이 나왔다.

꽃 차를 가지고 들어오다 그 말을 들은 상미 표정이 환하게
퍼졌다. 그만큼 인정한다는 뜻으로 받아들인 것이다.

하지만.

강토 눈가에는 미묘한 떨림이 스쳐 갔다.

"안 될까요?"

그가 다시 묻는다.

"대표님."

상미가 강토에게 눈짓을 보냈다. 강토가 잠깐 딴생각을 한
다고 본 모양이었다.

"리얼 킬러, 차에 좀 뿌리시고 싶다잖아?"

상미가 속삭였다.

"로베르토 박사님."

강토가 그를 바라보았다.

"예?"

"다시 들을 수 있을까요? 방금 그 말씀?"

"이 향수, 내 차에 좀 뿌리면 좋겠다는 거 말인가요?"

"진심이십니까?"

강토의 시선이 로베르토를 겨누었다. 그러자 그가 슬쩍 입장을 바꾸었다.

"어이쿠, 내가 잠깐 착각을 했군요. 재스민은 차에 뿌리는 게 아니지."

"……!"

그제야 상미도 제정신으로 돌아왔다.

재스민.

수면장애에 도움이 된다. 추진진에게도 그랬다. 그렇기에 차에 뿌리는 건 금물이었다. 운전 중에 졸음이라도 온다면 큰일이기 때문이었다.

강토가 경직된 건 그 때문이었다. 로베르토 박사는 향수 비평가. 그런 사람의 입에서 나올 말이 아니었다. 더구나 스타니슬라스 박사가 데려온 사람이었다. 무심결에 강토를 테스트한 거라고밖에 볼 수 없었다.

"아무튼 재스민의 재발견이네요. 머스크를 내려놓고 베르가모트를 선택한 파리나처럼."

"감사합니다."

"파리나는 알고 계시죠?"

"베르가모트와 오렌지 노트의 신 아닙니까? 나아가 절대 후각을 가졌다는 말도 들었습니다."

"맞습니다. 오죽하면 뱀장어의 후각이라고 했겠습니까? 그러나 그를 빛나게 하는 건 역시 오 데 코롱이죠."

"그렇군요."

강토가 응대를 했다. 뱀장어의 후각은 지상 최강에 속한다. 후각의 왕으로 불리는 개나 시궁쥐도 그 앞에서는 명함을 못 내밀기 때문이었다.

"혹시 그녀의 오 데 코롱에 얽힌 비하인드 스토리도 아시나요?"

로베르토의 불어가 점점 유창하게 변한다.

"오 데 코롱과 4711의 전쟁 말이군요?"

"오, 역시……."

로베르토가 무릎을 쳤다.

"파리나가 오 데 코롱을 만들고, 아, Eau de Cologne은 지금은 가벼운 향수의 대명사로 쓰이지만 사실 쾰른의 물이라는 뜻이죠. 당시 쾰른에 광범위하게 퍼진 악취에서 벗어나기 위해 만들었다고 알고 있습니다. 4711은 그 모방작이거나 진화로 알려진 향수고요."

"그럼 쾰른의 물로 불리는 향수의 조성에 대해서도 알고 있나요?"

"그녀 고향에서 나는 꽃과 허브, 베르가모트와 레몬, 오렌지, 자몽, 그리고 라임과 시트론 등입니다."

"파리나처럼 절대 후각이라더니 배경지식도 훌륭하군요."

"과찬이십니다. 이제 걸음마를 뗀 조향사일 뿐입니다."

"그렇게 겸손하지 않아도 됩니다. 스타니슬라스 박사와 메디치가 아무나 칭찬하는 사람이 아니거든요. 이 재스민 향수만 봐도 알 수 있지요."

"……."

"그나저나 고민이군요. 혹시 제가 타고 온 차의 악취를 없애 줄 비법 같은 건 없을까요? 제 차는 아니지만 한 번을 타려 해도 코가……."

"제가 잠깐 봐도 될까요?"

"대환영이죠."

로베르토가 먼저 일어섰다.

"……."

차 문이 열리자 강토 코가 찡그려졌다. 꿉꿉하고 찌는 냄새에 꼬릿한 부패 향까지 배어 있었다. 게다가 반려견의 누린내까지…….

그런데 많은 사람들의 차가 이렇다. 차 안에서 음식도 먹고 커피와 차도 마신다. 그에 비해 청소는 그리 자주 하지 않는다. 때로는 땀에 쩐 운동복이 던져지기도 하고 음료수를 엎기도 한다. 심하면 에어컨에서 곰팡이 특공대도 출동을 한다.

방향제를 놓기도 하지만 역부족이다. 차는 제2의 집이지만 집처럼 청소를 자주 하는 건 아니었다.

가장 잘 알려진 방법은 식초나 모과, 커피 가루 등을 두는 것이다. 그러나 임시방편이다.

"좀 심하죠?"

로베르토가 강토를 돌아보았다.

"일단 들어가 계시죠. 제가 한번 궁리해 보겠습니다."

로베르토를 안으로 돌려보냈다. 그런 다음 오존발생기를 가져와 차에 두었다. 새 향을 입히려면 기존의 오염된 향부터 치워야 했다.

차 냄새…….

향 스케치에 들어갔다.

차 냄새는 새집 냄새와 유사한 과정을 갖는다. 차량 조립에 사용된 각종 부자재가 주범이다. 이들 구성 품목에는 강철도 있고 플라스틱도 있으며 가죽도 있다.

차를 돌아본다.

롤스로이스다.

고급진 가죽 시트를 보는 순간 강토 입가에 미소가 돈다. 블랑쉬의 그라스. 거기가 어디인가? 원래는 가죽을 가공해 장갑을 만들던 곳이었다. 가죽 냄새를 없애려고 향을 입혔다. 다시 말해 굉장히 익숙한 일이라는 뜻이었다.

롤스로이스쯤 되면 사실, 향이 좋은 차를 만들기 위해 노력한다. 신차의 내부에서 풍기는 불쾌한 냄새를 제거하기 위해 사활을 건다. S클래스라면 아예 향기 시스템을 설치하기도 한다.

그렇다면.

차의 좋은 냄새란 무엇일까?

고가의 차에는 가죽 시트가 장착되어 있다. 그렇다면 역시 좋은 가죽 냄새가 나야 했다. 일체감이다. 그라스에서 좋은 향을 입혔던 가죽 장갑들처럼.

두 번째는······.

'인공의 결합체인 자동차 안에는 없는 것.'

바로 산천초목이었다.

쇠와 대비되는 나무.

인간이 그렇다. 산에 가면 바다가 그립고, 바다에 가면 산이 생각나는 법이다.

우드 노트를 골라냈다.

「레더와 우드」

그래도 '심심'했다.

두 가지만으로는 나날이 낡아 가는, 즉 나날이 진해지는 자동차 냄새에 맞서기 어렵다. 보완책으로 유향을 골랐다. 유향은 휘발성이 거의 없어 지속력을 높인다. 집중력은 물론이고 두통에도 좋으니 금상첨화다. 마지막 포인트는 흰색 감귤 노트가 당첨되었다. 유자의 풋풋함에 더불어 우드 노트와의 앙상블이 좋은 게 마음에 들었다.

스타니슬라스와 로베르토가 대화를 나누는 사이에 조향을

했다.

「흰색 감귤, 레더, 우드, 유향」

아주 간단한 조합이었다.

"끝났습니다. 한번 보시겠어요?"

롤스로이스 안에 향을 뿌리고 로베르토를 불렀다.

"……!"

운전석에 앉은 그의 표정이 진지해졌다. 강토 옆의 스타니슬라스는 기대감에 가득 찬 표정이었다. 로베르토가 운전석을 젖힌다. 그다음에 지그시 눈을 감는다. 표정이 미세하게 평온해진다. 그렇게 10여 분이 지난 후에야 차 문이 열렸다.

"감귤과 레더, 우드와 유향… 맞습니까?"

그가 강토에게 물었다.

"정확합니다."

"그것 외에 다른 것은 없단 말이군요?"

"있다면 인사동의 바람과 우리 하우스의 활력이겠죠."

"그리고 당신의 천재적인 직관?"

그 말에는 어깨만 으쓱해 보였다.

"혹시 미리 만들어 뒀던 것인가요?"

"아닙니다. 방금 만들었습니다."

"어떻게 영감을 얻었는지 물어도 될까요?"

"어려울 것 없죠. 차량은 대개 메탈과 플라스틱, 레더의 합작 아닙니까? 레더 자체의 향을 푸근하게 살리고 인공적인 메탈과 플라스틱이 주는 차 고유의 삭막한 느낌을 없애기 위해 우드 노트를 더했습니다. 감귤은 상큼한 방점에 우드의 향조를 올리기 위해, 유향은 운전자의 집중력과 두통 방지에 더해 향 분자의 지속성을 위한 선택이었고요."

관통.

로베르토는 아찔했다. 단시간에 차량 향수에 대한 방향성을 제시해 버린 것이다. 문제는 제시로 끝난 게 아니라 향이었다. 말로는 누군들 못 하랴. 그러나 강토의 조향은 기막힌 어코드로 안락함을 선사한 것이다.

짝짝.

로베르토의 박수가 나왔다. 마음에 들었다는 뜻이었다. 그 박수 뒤에는 어마어마한 제의가 기다리고 있었다. 강토의 짐작대로, 지금까지의 일들은 로베르토의 테스트였다.

*   *   *

"으음······."

스타니슬라스가 블로터를 흔들었다. 차에 뿌린 향수를 음미하는 것이다.

"어떻습니까?"

로베르토가 물었다.

"최고 격조의 차량에 탑승한 느낌."

"그렇죠?"

"그럼 이제 공개하는 겁니까?"

"아니면요? 저 지금 살이 다 떨릴 지경입니다."

"그래도 여기 오는 걸 주저했던 것 같은데요?"

"제 한계죠. 저도 그새 매너리즘에 빠졌나 봅니다. 최고급 차량에 탑재되는 향수 개발… 유럽의 조향사들이 아니라면 일본 정도라고 생각했으니까요."

"우리 닥터 시그니처는 어떻습니까?"

"유럽 조향의 레전드가 되어가는 레이먼드를 만났을 때와 비슷합니다. 아니, 그보다 더 짜릿하다고 할까요? 레이먼드의 향수에는 98종의 향료가 들어갔지만 닥터 시그니처는 고작… 그럼에도 정교한 태피스트리처럼 잘 조화된 향조……"

"팩트 체크가 그것뿐입니까?"

"조향에 대한 격조 또한 높더군요. 신진 조향사들이 조 말론이나 장 끌로드 엘레나는 알아도 오 데 코롱의 창시자 파리나까지 꿰고 있는 경우는 드물거든요."

조향실에서 물었던 파리나에 대한 이야기. 이런 이유가 있었다.

"고민이 되시겠군요? 일본의 츠바사 말입니다."

"그러게 말입니다."

"무슨 말씀들인지?"

경청하던 강토가 조심스레 끼어들었다.

"로베르토 말이야, 실은 뉴욕타임스와 르 몽드의 향수 전문 비평가시라네. 세계적인 기업들의 향 컨설턴트이기도 하시고……."

스타니슬라스의 부연 설명이 나왔다.

"아, 네……."

"실은 이번에 세계적인 자동차 회사에서 추천 의뢰를 받으셨지. 차세대 차로 개발되는 최고급 세단에 들어갈 향 시스템 말일세. 떠오르는 신진 조향사 그룹에서 적임자를 골라 달라는……."

"그러시군요."

"홍콩 등지를 거쳐 일본 조향사를 만나러 간다길래 내가 닥터 시그니처를 추천했지. 이 사람을 만나면 여러 군데 가지 않아도 될지 모른다고."

"과찬이십니다."

"그건 자네 생각이고."

"박사님……."

"자, 내가 분위기는 잡았으니 나머지는 로베르토께서 직접 말씀하시죠?"

스타니슬라스가 발언권을 넘겼다.

"히야, 이것 참……."

잠시 감정을 다스린 로베르토가 말을 이어갔다.

"결론만 말하자면 이게 럭셔리 차량의 끝판왕인데 고전적인 이미지를 탈피해 '액티브'하게 탈바꿈하려는 프로젝트입니다. 이 차량에 탑재될 향을 두 명의 조향사에게 맡겨서 최종 평가를 하려는 겁니다. 동서양을 아우른다는 의미로 서양을 대표하는 톱클래스 신진 조향사, 그리고 동양을 대표하는 조향사를 찾고 있습니다. 여기서 선택된 향수는 10억 원의 보상과 동 차량의 광고모델, 남은 사람은 3억 원의 보상을 받게 됩니다. 물론 그 향수 역시 필요에 따라 다른 기종에 장착할 수 있고요."

10억에 광고모델.

파격적인 대우였다. 무엇보다 광고모델이 당겼다. 잘하면 단숨에 세계 최고의 조향사 반열에 안착할 수 있는 기회였다.

"유럽은 문제없는데 동양이 문제였죠. 기분 나쁠지 모르지만 압도적인 지명도를 가진 조향사가 많지 않거든요. 의뢰자 측에서는 일본 스탠다드 토요다 센추리의 방향(芳香)을 책임진 츠바사와 중국의 리우관린, 홍콩의 류다강을 거론했는데 중국과 홍콩 조향사는 지나치게 대륙 색이 강해 제외하고 일본으로 가던 참이었습니다. 1차 보고서를 본 의뢰자도 공감을 했고요. 츠바사는 정치가 집안인데 부모님의 반대를 무릅쓰고 조향에 뛰어들 만큼 뛰어난 조향사로 알려져 있거든요."

"예……."

"그런데 당신 향수에 반했습니다. 이것 참……."

"그 정도면 굉장한 분이겠네요. 저는 아직 향수 역사 일천

하니 괘념치 마십시오. 제 향수를 높이 평가해 준 것만 해도 고맙고 남의 일을 가로채고 싶은 마음은 없습니다."

"츠바사와 계약이 된 것은 아닙니다. 언질을 해 둔 정도죠. 게다가 제 역할은 가장 뛰어난 차량용 향수를 만드는 사람을 발굴하는 겁니다. 조향사 교체는 계약서에 사인을 할 때까지 언제든 일어날 수 있는 일입니다. 츠바사 정도 되면 마땅히 아는 사실이고요."

"……."

"하지만 솔직히 말해서 당신은 인지도가 너무 낮습니다. 신진 그룹 내에서도 위상이 미미하니 내 의뢰인이 쉽게 수긍하지 못할 거예요."

"박사님."

"문제는 내가 당신 향에 반했다는 거죠. 그러니 미안하지만 이렇게 하면 어떨까요?"

"어떻게 말입니까?"

"저랑 일본으로 가 주시죠. 닥터 시그니처가 그를 만나 그의 양보를 이끌어 내시면 나머지는 제가 마무리할 수 있습니다. 일본을 대표하는 조향사보다 뛰어난 코리아의 신성, 이거라면 의뢰인도 군말하지 못할 겁니다."

"파리나의 오 데 코롱과 후발 주자인 4711의 경쟁이 떠오르는군요. 양보라는 건 결국 그가 제 향이 더 우수하다는 걸 인정해야 하는 일이니… 달리 말하면 츠바사와 향쟁(香爭)을 벌이라는 것 아닙니까?"

"그때는 후발 주자인 4711이 판정승을 거뒀습니다만."

"……."

"필요한 경비는 제가 대겠습니다. 스케줄도 제가 잡아 드리고요. 그런 쪽 예산은 얼마를 올려도 상관없게 되어 있습니다."

"츠바사… 혹시 그 사람 향수를 가지고 있나요?"

"그런 건 걱정할 필요 없습니다. 제가 보기엔 닥터 시그니처의 조향 직관력이 더 월등합니다. 그렇지 않으면 제가 이러지도 않을 테고요."

"향수를 물었습니다."

"있습니다만."

"시향 할 수 있을까요?"

강토의 시선은 주저앉지 않았다. 결국 로베르토가 향수를 가져왔다.

"츠바사는 시세이도의 조향 팀장을 거쳤고 일본 3대 향료 회사로 꼽히는 하세가와 향료의 자문을 맡고 있습니다. 최근에는 일본 부유층이나 연예인들을 타깃으로 하는 니치 향수에 몰두하고 있고요."

치잇.

로베르토의 말을 들으며 향을 분사했다.

치잇.

한 번 더.

두 개의 블로터에 바람을 일으킨 강토, 블로터의 향을 음미한 후에야 답을 내놓았다.

"박사님 제안에 따르겠습니다."

강토의 콜이었다.

"스타니 박사님."

운전석의 로베르토가 말문을 열었다.

"말씀하세요."

"닥터 시그니처를 만난 게 2년 전이라고요?"

"예."

"그때는 학생이었다?"

"예."

"그렇다면 가히 천재적이군요. 장족의 발전 아닙니까?"

"저를 만나기 전부터 천재였는지 모르죠."

"하긴 저런 천재가 나올 때도 되었습니다. 우리 향수 제품들이 다 거기서 거기 아닙니까? 너무 획일화되었어요. 다들 익숙한 향만 만들려고 하니까요."

로베르토는 미니어처 향을 맡고 있었다. 강토에게서 몇 개 얻어 온 그것이었다.

"우리도 책임의 일단이 있는 사람들이죠."

"하지만 아직 어려서 그런지 조심하는 측면도 있군요."

"어떤 이유에서 말입니까?"

"츠바사의 향수 말입니다. 그걸 시향 하고서야 제 오더를 수락하지 않았습니까? 자기가 감당할 수 있는지 탐색해 본 거 아니겠습니까?"

"아하하핫."

듣고 있던 스타니슬라스가 파안대소를 터뜨렸다.

"스타니 박사님."

"오해를 하셨군요? 제가 보기에는 그 반대입니다."

"반대라고요?"

"닥터 시그니처… 츠바사가 자기와 비견될 향인가를 점검한 겁니다. 만약 츠바사의 향에 큰 홈이 있었다면 로베르토의 제안을 거절했을 겁니다."

"박, 박사님."

로베르토의 이마에 식은땀이 서렸다. 그건 로베르토가 상상도 못 한 일이었다.

"츠바사와의 비즈니스가 끝나면 직접 물어보십시오. 제 말이 맞는지 틀리는지……."

"……!"

로베르토는 입을 다물었다.

만약 그렇다면?

닥터 시그니처의 조향 세계는 가늠하기조차 어려울 수 있었다.

그건 로베르토가 바라는 일이다.

힐끗.

강토에게 선물로 받은 미니어처들을 바라본다. 강토의 예약 고객이 들어오는 바람에 미처 시향 할 시간도 없었다.

고작 미니어처.

그러나 그 어떤 조향사에게 받은 것보다 로베르토의 가슴을 설레게 하고 있었다.

"10억에 그 차량 광고모델?"

두 명의 시그니처 고객이 돌아가자 상미가 입을 벌렸다. 경악하기는 다인도 상미 못지않았다.

"세계 최고급 차라면 아우디야? 롤스로이스야?"

"그건 아직 시크릿."

강토가 답했다. 그렇지만 짐작은 갔다. 로베트로가 끌고 온 롤스로이스 때문이었다. 우연일 수도 있지만 중대한 테스트에 우연을 붙일 리 없었다.

"우와, 10억도 10억이지만 우리 대표님이 그런 차의 모델로 나서면?"

"우리 하우스 대박 나는 거지."

"권 실장, 대박은 이미 난 거 아니야?"

"나도 그런 줄 알았는데 대표님 대박 기준은 우리의 백만배는 되는 거 같아서."

다인이 강토를 돌아본다.

"그만 떠우고… 아무튼 일본에 가야 할 것 같으니까 스케줄 나올 때까지 예약은 느슨하게 잡아."

강토가 다인과 상미를 진정시켰다.

하지만.

그런다고 진정될 일이 아니었다.

"츠바사, 35세. 일본이 주목하는 조향사. 스위스 지보단 출신에 고급 세단과 비행기 향료도 개발. FIFI 어워드 수상 2회와 세포라(SEPHORA)가 선정한 최우수 향수까지 스펙이 어마무시한데?"

그새 검색창을 띄워 놓는 상미. 세포라는 세계 최대의 향수, 화장품 체인 몰의 이름이었다.

"쉬운 일은 아니네……."

상미 이마에 주름이 진다.

"그래서? 포기할까?"

강토가 넌지시 자극을 한다.

"절대 아니지. 그건 우리 대표님이 조향계에 입문하기 전의 일이고."

"말이라도 고맙다."

"자동차 향수나 디퓨저 자료 찾아 줘?"

"되는 대로 체크하고 있었어. 이런저런 차를 볼 때마다."

강토가 웃었다. 후각의 일이다. 실제로 강토는 눈에 띄는 모든 사물의 냄새 분자를 저장하고 있었다. 그중에는 초대형 트럭도 있고 수억 원짜리 세단도 있었다.

최근 들어 자동차 방향제와 디퓨저도 관심이 뜨겁다.

게다가 츠바사의 조향은 수준이 높았다. 일본을 대표하는 조향사 중 한 사람이라니 호기심도 커졌다. 어떤 결과가 나오든 좋은 기회이자 공부가 될 것으로 믿었다.

"그런데 대표님."

상미가 강토를 바라보았다.

"응?"

"아까 돌아올 때 왜 그렇게 표정이 굳었어? 스타니슬라스 박사님 오셨다니 긴장한 거였나?"

"내가?"

"응."

"그게……."

강토가 주저할 때 다음 예약 고객이 들어왔다. 이번에는 홍대 앞에 건물을 세 개나 가진 여사장. 그녀는 손윤희의 짝꿍 향수를 원했다. 다만 욕심이 많았다.

"100㎖로 다섯 병 만들어 주세요. 두 개는 내가 쓰고 세 개는 선물할 거거든요."

"그러죠."

강토가 콜을 받았다. 처음과 달리 선물용을 위해 오는 사람들이 늘고 있었다.

건물주 사장님이 가자 여중생 차례가 되었다. 그녀는 상담 테이블에 앉기 무섭게 현금을 꺼내 놓았다. 60만 원이었다.

"제가 알바 하면서 모은 돈이거든요. 이걸로 시그니처 만들 수 있을까요?"

활짝 핀 꽃처럼 표정이 밝았다.

"어떤 향수를 원하는데요?"

"아빠 따라 이민을 가게 되었어요. 송선모라고 남친이 있는 데 남친은 못 가져가니까 냄새라도 가져가고 싶어요. 가능할 까요?"

당돌하기까지?

"남친을 데려오면 가능합니다."

"음… 그럴 수가 없어요."

당차게 고개를 젓는 여학생.

"왜죠?"

"남친은 희귀 암에 걸려서 병원에 있거든요. 수술을 앞두고 있는데 면역이 약해서 제가 만날 수 없어요. 한번 면회 가기 는 했는데 보호자가 아니라고 뺀찌 놓더라고요."

"대상이 없으면 향을 만들 수 없어요."

"냄새는 여기 있어요."

여학생이 손수건을 꺼내 놓았다.

"선생님은 후각 천재라서 한 번만 냄새를 맡으면 만들 수 있다면서요."

"누가 그러죠?"

"인터넷에 있던데요?"

"······."

"헛소문인가요?"

"어디 봐요."

강토가 손을 내밀었다. 여학생이 손수건을 건네준다. 남자의 체취가 있기는 했다.

"이거 6개월도 더 된 거로군요?"

"어머, 레알 냄새 귀신······."

"체취가 있지만 약해요. 다른 향료를 배합해서 만들어 줄 수는 있는데 가장 좋은 건 남친의 체취를 받는 거예요."

"하지만 그건······."

"미안하지만 남친 향은 왜 필요하죠?"

"좋아했는데 고백을 못 했어요. 그러다 어느 날 겨우 기회가 생겨서 주말에 만나기로 약속을 땄는데 갑자기 입원을 해 버린 거예요. 대기 환자가 많아서 수술 기다리는 사이에 우리 집은 이민을 가기로 되었고요. 제 첫사랑인데 고백은 못 했지만 향이라도 간직하고 싶어서. 남친이 수박 향이 나거든요."

"남친도 그쪽을 좋아하나요?"

"그렇다고 했어요. 자기도 고백하려고 타이밍 보고 있었다고······."

"그럼 그쪽 향을 갖다 줘야 하는 거 아닌가요? 그 향 맡고 힘내서 수술받을 때 잘 받으라고."

"어머, 진짜."

여학생이 화들짝 놀란다. 거기까지는 생각을 못 한 모양이었다.

"60만 원… 알바로 번 돈이라니까 내가 두 사람 향을 다 만들어 줄게요. 그쪽 향은 남친 가족에게 전해 주고 가세요."

"남친을 데려와야 한다면서요?"

"한 가지 방법이 있긴 해요."

"뭔데요?"

"남친 병실 침대의 시트 말이에요. 그거하고 남친이 베던 베개 커버를 구해 오세요. 그 정도면 한 병은 만들 수 있거든요. 학생은 유지를 내줄 테니 몸에 붙였다가 떼어 오면 되고……."

"병원 침대 시트… 제가 사정하면 줄까요?"

"병원이 어디죠?"

"K 병원요."

"침대 시트 정도인데 말 잘해 보면 얻을 수 있지 않을까요? 한번 시도해 보세요."

"알았어요. 그거 구해 오면 꼭 만들어 주세요."

여학생이 일어났다.

여학생이 멀어지자 강토가 핸드폰을 들었다. SS병원의 송태섭 과장을 찾았다.

―닥터 시그니처.

그가 반색을 한다. 이제는 작은아버지보다도 강토를 더 좋아하는 그였다. 청탁(?)을 넣었다. K병원에 그의 후배 허 과장이 있었다.

―원래는 안 되지만 부탁해 놓겠다네.

"감사합니다."

인사를 하고 끊었다. 처음부터 부탁을 하고 여학생을 보낼 수도 있었다. 하지만 쉽게 얻은 건 쉽게 날아간다. 그래도 선뜻 시도하는 여학생의 용기가 대견했다. 한편으로는 애잔하기도 하고…….

용기.

적당한 단어인지는 모르지만 그게 아쉬운 한 사람이 있었다. 오후 예약이 모두 끝나자 핸드폰을 보았다. 준서의 연락은 없었다.

잠시 고민할 때 상미가 고개를 디밀었다.

"우리 대표님, 고민 있구나?"

"어, 배 실장……."

"자동차 향 때문은 아닐 테고… 우리가 힘은 없지만 들어 줄 수는 있는데……."

다인도 같은 눈치다.

"……."

"뭐 부담되면 말고."

"아니야. 너희도 아는 사람이니까."

강토가 상미와 다인을 향해 돌아앉았다.

"⋯⋯?"

*　　　　　*　　　　　*

강토의 말을 들은 둘이 소스라쳤다. 그 대상이 준서기 때문
이었다.

"진짜야? 준서 오빠가 병원에?"

"그래."

"병원 어디야? 내가 가 볼게."

"나도."

다인과 상미 마음이 바빠졌다.

"⋯⋯."

"대표님."

"하긴 너희들이랑 같이 가면 마음이 바뀔지도 모르지. 문
닫고 가 보자."

강토가 일어섰다. 단 한 번의 설득으로 포기하기는 아까운
준서였다.

차를 가져오기 위해 먼저 일어섰다.

그리고.

대문으로 걸어가는 순간.

대문 밖에서 낯익은 체취가 감지되었다.

체취에 놀란 강토가 재빨리 대문을 열었다.

몇 걸음 앞, 상가로 이어지는 저만치.

한 남자가 멀어지고 있었다. 환자복에 슬리퍼, 그리고 무너지듯 낮아진 어깨… 얼굴을 보지 않아도 알 수 있는 저 남자…….

'준서 형…….'

박준서였다.

제4장

—

술 향수도 가능해?

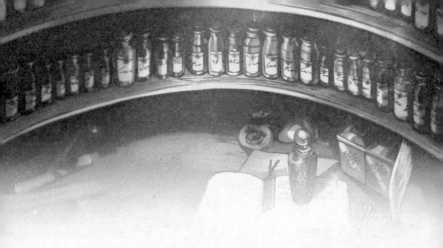

"형."

강토 목소리가 천둥을 울렸다. 힐금 돌아본 준서가 뛰기 시작했다.

"형, 잠깐만."

강토가 추격한다. 환자복 차림이었다. 우연히 온 건 아닌 것 같았다.

"형."

상가 거리로 나가기 전에 준서 어깨를 잡았다. 알코올에 찌든 몸이라 그렇게 빠르지 않았다.

"왜?"

준서를 잡고 똑바로 바라보았다. 시선이 마주치자 그가 눈빛을 피했다.

"형."

"……."

"나 보러 온 거지? 그렇지?"

"……."

"준서 오빠?"

강토를 따라 나온 상미와 다인도 준서 옆에 둘러섰다.

"준서 오빠."

둘의 목이 미어진다. 정말이지 준수하던 준서였다. 외모뿐 아니라 인성과 가치관이 반듯했다. 몇 살 많은 까닭에 모든 면에서 의지가 되었던 준서. 지금 상미와 다인 앞에 있는 사람에게는 그 흔적이 거의 없었다.

파앗.

그가 강토 손목을 뿌리치려 하지만 강토는 놓지 않았다. 몇 번 버둥거리던 준서가 고개를 떨구었다. 체념이다. 강토의 후각이 그 기세를 읽었다.

"개업식에도 안 왔는데 차는 한잔 마시고 가야지."

강토가 그 팔을 끌었다.

*　　　　*　　　　*

"오빠, 마셔."

상미가 차를 내왔다.

"……."

차 한 잔을 사이에 두고 모두가 침묵이다. 준서의 시선은 차에 꽂혀 있었다. 두 손으로 움켜잡고 말을 하지 않는다. 순간, 깃이 세워진 목에 나쁜 흔적이 엿보였다.

'의혼……'

강토 머리카락이 쭈뼛 뻗쳐 갔다. 목을 맨 흔적이었다.

자살 시도?

등골이 오싹해 오지만 현재의 체취는 그렇게 나쁘지 않았다.

"오빠……."

다인이 발을 구른다. 그러나 뭐라 묻지 못하고 애만 끓일 뿐이다.

차를 바라보던 준서가 한 모금을 넘겼다.

"뭐야? 그 표정들?"

먼지처럼 건조하게, 그 입이 열렸다.

"오빠……."

이제는 상미도 놀란다. 고개를 드는 순간 그 목의 흔적을 본 것이다.

"이거?"

준서가 환자복의 깃을 여미며 흔적을 가려 본다. 그런다고 가려질 리가 없다.

"형 왔는데 우리 향수 좀 보여 드려."

강토가 말했다. 달리 할 말이 마땅치 않으니 향수를 내세웠다.

"알았어."

상미가 일어섰다. 곧 향수가 나왔다. 진열장에 두었던 강토 작품의 총출동이었다. 준서가 장미 향수를 집어 든다. 코앞에 대고 눈을 감는다.

'대표님.'

상미 눈빛이 강토에게 날아왔다.

'괜찮아.'

강토가 눈짓을 보냈다. 체취 때문이다. 당장 무슨 일이 일어날 걱정은 없었다.

치잇.

향수 하나를 집어 준서의 허공에 뿌렸다. 그의 개업식에 쓰려고 준비했던 그 향수였다.

"형이 부탁한 거야."

그 향수를 준서에게 밀었다.

"내 거……?"

그가 향수를 집는다.

"매장 오픈할 때 대박 나라고 준비했던 거."

"이거 아직 있냐?"

"당연히 있지. 일주일 쓸 용량이야."

"일주일이나……."

"일주일 동안 무료 서비스로 대박 나게 해 주고 바가지 팍 팍 씌울 생각이었어. 하루 한 10억씩 요구하면서……."

"10억……."

"……."

치잇.

이번에는 준서가 향수를 자기 얼굴 위에 뿌린다.

치잇.

또 한 번을 뿌린다.

"윤강토."

"왜."

"그리고 다인이 하고 상미."

"응?"

"나 우습지?"

준서 미소가 웃폈다.

"우습지."

강토가 답했다. 준서가 반응을 보이기도 전에 다음 말을 이 어 간다.

"내가 아는 준서 형은 이런 사람이 아니었거든."

"네가 아는 박준서는 어떤 인간이었는데?"

"매사에 의연하고 당당해서 좀 부러운 사람, 혼자 자란 나에게 진짜 형이 되어 주었으면 싶었던 사람."

"그거 언젠가 술 마시다 한 말이잖아?"

"술김에 한 말 아니었거든."

"……."

"조향학과에서 누군가 대성을 한다면 나는 그게 형이라고 생각했었어. 남경수나 강은비가 아니라……."

"지금은 어떠냐?"

"우리 마음속에서 형의 위상은 똑같아."

"이 꼴이어도?"

"우리 꼴은? 나하고 상미, 후각 때문에 조향사는 언감생심 이라는 말을 들으면서도 여기까지 왔잖아?"

"……."

"……."

"이 향수……."

"……."

"아직도 나 줄 수 있냐?"

"언제든, 그 향수의 주인은 형이니까."

"그럼 준비 좀 부탁한다."

기다리던 말이 나왔다.

"형."

그 한마디에 강토 목이 확 미어졌다.

"그동안 많이 쉬었고… 술도 평생 마실 만큼 마셨고… 그러니 다시 한번 해 보려고."

준서가 고개를 들었다. 아직 파리하지만 그 눈 속에 더 이상의 방황은 없었다.

"혀엉."

강토가 준서에게 달려들었다. 다인과 상미도 그 위에 겹쳤다. 향수 몇 병이 쓰러졌지만 개의치 않았다.

박준서.

옴니스의 정신적인 지주.

든든한 실드.

더 이상 학생 시절은 아니지만 그가 그 자리로 돌아온 것이다.

"첫 초콜릿을 만든 날이었어."

마음이 안정된 준서가 파란의 순간으로 들어갔다.

첫 초콜릿은 오색 세트였다. 다섯 가지 천연 향을 첨가한 작품이었다. 그중에서도 처음으로 만든 빨간 초콜릿을 어머니 이해수의 입에 물려 주었다.

"어때요?"

준서가 묻는 순간, 어머니의 목이 왈칵 미어지는 걸 느꼈다.

"목 막혀? 잠깐만."

준서가 물을 가져왔다. 그제야 알았다. 그건 목이 멘 게 아니라 가슴이 멘 거였다. 어머니의 눈가에는 애잔한 눈물이 그렁거렸다.

"엄마."

처음에는 준서가 대견해서 그러는 줄 알았다. 그런데 이해수의 감정이 조금 더 무너져 버렸다. 준서에 대한 게 아니었다.

숨을 고른 이해수가 파란의 과거를 소환해 왔다.

아버지.

죽었다던 아버지 이야기가 나온 것이다.

어머니가 초콜릿 첫 세트를 원했다. 아버지라는 사람에게 주어야겠다고 했다. 그때서야 알았다. 어머니가 초콜릿을 좋아하는 이유. 그건 그 사람이 초콜릿을 좋아했기 때문이었다. 그러니까 어머니는, 아직도 그 사람을 잊지 못하고 있었다.

아버지라는 사람.

대한민국 굴지의 초콜릿 회사 회장이었다. 집안 자체가 어마무시했다. 그는 정략결혼을 했다. 사세 확장에 나섰던 그의 부친이 경제부총리의 딸과 연결시킨 것이다.

준재벌과 경제 실세의 만남.

아버지는 원치 않았지만 어쩔 수 없었다. 결국 마음에도 없는 결혼을 하고 말았다. 처음에는 대충 넘어갔지만 살수록 불편했다. 결국 겉돌게 되었다. 서른 초반, 어머니를 만났다. 자사의 광고모델을 면접하던 날이었다. 손윤희의 들러리로 따라온 어머니에게 꽂혔다. 무명에다 그의 스타일이었다. 무명이니 스폰서가 필요했고, 무명이니 얼굴이 알려져 있지 않아 만나기도 편했다.

아버지는 어머니에게 빠졌다. 어머니를 만나면 마음이 편했다. 새로 취임한 초콜릿 공장에서 신제품이 나오면 제일 먼저 어머니에게 바쳤다. 포장을 벗겨 입에 넣어 주던 그 모습, 초콜릿이 묻은 입술도 가리지 않고 키스해 주던 사람. 어머니 역시 아버지에게 빠졌지만 상황이 뼈저렸다.

스폰서와 무명 연예인.

아버지의 아버지는 눈썰미가 좋았다. 아들의 외도를 며느리보다 먼저 눈치를 챘다.

어느 날 아버지를 불렀다.

"유럽 초콜릿 공장을 인수해야겠다. 한 3년 나가서 자리를 잡아 놓거라."

아버지의 아들은 삼 형제. 아버지는 둘째였다. 위아래로 치이며 아버지의 눈 밖에 나고 있었다.

거부할 수 없는 오더였다.

어머니를 만났다.

유럽으로 가야 하니 마지막 밤이 되었다. 어머니를 사랑한 아버지는 어머니의 미래를 챙겨 주었다. 조금조금 빼 놓은 주식 1%를 명의이전 해 주었고 아파트와 현금을 건네주었다.

신파 드라마처럼 어머니는 그날, 준서를 잉태했다.

처음에는 낙태를 할까 싶었지만 그러지 않았다. 스폰서로 만났지만 진짜 사랑해 버린 사람. 어머니는 준서를 지우고 연예계로 컴백하는 것 대신 준서를 낳았다. 아버지의 분신과 함께 살려고 결정한 것이다.

3년 후에 귀국한 아버지는 형제들과 경영권을 나눠 가졌다. 아버지의 아버지가 사망한 것이다.

아버지는 초콜릿과 제과 회사를 상속했다.

이후로 어머니는 아버지를 만나지 못했다.

그렇다고 아버지를 생각 속에서 지운 것도 아니었다.

당연했다.

준서는 아버지를 빼다 박았고

아버지처럼 초콜릿을 좋아했다.

포장을 벗기고 입에 넣어 줄 때면 그처럼 보인 적도 많았다. 최고의 절정이 바로 처음으로 구워 낸 그 초콜릿이었다. 잠깐이지만 어머니 눈에는 준서가 아버지처럼 보였다.

아버지의 아내는 몇 해 전에 죽었다.

둘의 사이에는 아들이 하나 있었다.

아들이 외국 유학을 마치고 돌아왔지만 마약 상습 복용이 드러나면서 아버지의 체면을 구겨 놓았다. 아버지의 상심이 뉴스로 나왔다.

어머니가 아버지를 생각한 건 그때부터라고 했다.

누구 못지않게 당당하게 키워 놓은 아들 준서.

그 준서가 만든 최고의 초콜릿을 들고 아버지를 찾아갈 생각이었다.

이제 와서 그 자리를 노리는 건 아니지만 보여 주고 싶었다.

부질없지만 딱 한 번, 당신을 사랑한 여자가 있었다고.

어머니식의 위로이자 결기였을까?

준서는 달랐다.

어머니의 고백을 듣는 순간, 하늘이 오염되었다. 혼자 사는 어머니, 어머니가 좋아하는 초콜릿. 그걸 더 맛있게 만들기 위해 바쳤던 나날들. 그게 어머니가 아니라 그런 사연을 가진 아버지라는 걸 알게 된 순간, 인생 판타지가 깨진 것이다.

준서는 어머니를 위해 초콜릿을 배웠지, 아버지를 위해 배우지 않은 것이다.

게다가 그 가게도 결국 그 아버지 주머니에서 나왔던 돈.

─안 해.

자신을 지탱하던 모든 것이 무너졌다. 공을 들이던 매장을 부숴 버리고, 애써 모았던 기구들도 박살 내 버렸다. 알코올에 의존해 살았던 시간의 시작이었다.

상처받은 가치관.

"미안해."

어머니가 빌었지만 회복되지 않았다.

세상이 무의미했다.

차라리 몰랐으면 좋았을 일이었다.

그래서 강토 연락을 받지 않았다. 상미와 다인의 전화, 현아의 연락도 그랬다.

방황에 방황이 거듭되자 어머니가 입원을 시켰다. 병원에서
도 환영받지 못하는 존재였지만 어머니 덕분에 쫓겨나지는 않
았다. 큰 인기는 없었지만 드라마에 조연으로 몇 번 출연했던
어머니. 그런 그녀를 알아보는 사람이 있었던 것이다. 특히 간
호사와 간병인들이 그랬다. 덕분에 준서는 병원의 보살핌을
받을 수 있었다.

그러다 강토를 만난 것이다.

최악이었다.

다른 건 몰라도 강토와 다인, 상미와는 마주치고 싶지 않았
다. 그건 준서에게 남은 최후의 자존심이었다. 그 금기가 깨지
자 최후의 수단을 찾았다. 갈아입으라고 준비된 환자복 바지
를 찢어 올가미를 만들었다. 어머니가 식사하러 간 사이에 화
장실에 들어가 문을 잠그고 목을 맸다.

숨이 넘어가는 찰나에 간호사 목소리가 들렸다.

"박준서 씨, 화장실에 있어요?"

화장실 문은 잠겼다.

그녀는 침범하지 못했지만 준서가 서툴렀다. 환자복으로 만
든 줄이 끊어지면서…….

와당탕.

변기 위로 추락하고 만 것이다.

문이 강제 개방 되고 준서가 들려 나왔다.

"준서야."

어머니의 눈이 또 한 번 뒤집혔다. 준서 목에 걸린 올가미 때문이었다.

어머니에게는 단 하나의 희망.

너무나 반듯하게 자라 줬던 아들.

그러나 그녀 자신이 만든 운명의 굴레에 빠져 폐인이 되어 버린 아들…….

참담한 풍경 속으로 손윤희가 찾아왔다. 준서가 자살 시도를 했다는 말을 들은 것이다.

"힘을 내야지. 나한테 힘내라던 준서는 어디로 갔어?"

준서를 격려한 손윤희가 이해수를 잡아끌었다. 그런 다음 다짜고짜 어머니의 가방을 열었다.

"왜 이래?"

어머니가 가방끈을 잡았다. 그 또한 돌발이었다.

"좀 봐야겠어. 좀 나가."

"보긴 뭘?"

어머니가 가방을 당겼다. 가방끈이 끊어지면서 안의 내용물이 쏟아져 버렸다. 약병이 있었다. 그게 깨지면서 알약 수백 개가 흩어졌다.

"언니."

손윤희의 목소리가 찢어졌다.

"하악."

어머니가 무너졌다. 준서 눈에 알약이 들어왔다. 저렇게 많은 약들. 후각이 많이 나빠졌지만 영양제 냄새는 아니었다.

"엄마."

그제야 둘 사이에 끼어들었다. 불안한 감을 잡은 것이다.

"수면제다. 준서 너 죽으면 따라 죽는다고 가지고 다녔어. 나도 오늘에야 알았다."

손윤희가 수면제를 쓸어 담았다.

수면제.

너 죽으면 따라 죽는다고…….

손윤희의 말이 삿된 바람처럼 준서 가슴을 뚫고 갔다.

"엄마……."

"미안하다."

"엄마."

"다 내 잘못이야. 말 타면 종 부리고 싶다더니 너 하나면 된다고 생각했는데 네가 의젓하게 자라 주니 네 아버지에게 자랑하고 싶었어."

"엄마."

준서가 어머니를 당겼다.

"미안해, 우리 아들… 다시는 아버지 생각 안 할게. 그러니까 제발 예전처럼 돌아와 줘. 엄마는 너 없으면 못 살아."

"엄마."

"응?"

"내 초콜릿 그 사람에게 그렇게 가져다주고 싶어?"

"아니야, 이제 안 해도 돼."

"아니, 가져다줘. 엄마가 하고 싶으면. 하지만 이제는 더 이상 투명 인간처럼 살지 마. 그럼 나도 다시 초콜릿 만들게."

"준서야."

"비굴하지 말라고. 그냥 엄마가 하고 싶은 대로 다 해. 그 사람에게 바라는 거 없잖아?"

"그런 건 없어."

"약속한 거다?"

"그럼. 엄마는 네가 하자면 다 해. 너만 잘될 수 있다면……."

"그럼 일단 수면제부터 변기에 버리고 와."

"알았어."

눈물을 훔친 어머니가 화장실로 걸었다. 수면제는 변기 속으로 사라졌다.

퇴원은 다음 날로 결정되었다.

거기까지는 좋았다.

마음이 안정되자 다시 술이 당겼다. 물을 마시고 과일을 먹으며 버텨 보지만 진정되지 않았다. 지친 어머니는 빈 옆 침대에서 잠이 들었다.

강토 생각이 났다.

그제야 검색을 했다. 뉴욕 이벤트 후의 강토는 어느새 셀럽이 되어 가고 있었다. 강토는 손윤희의 캐고스미아를 잡았다. 암 환자도 찾아낸다.

'그렇다면 알코올도?'

어머니가 깰까 봐 그대로 병실을 나왔다. 하우스를 찾는 건 쉬웠다. 강토는 이제 그 정도로 유명했다. 하지만 대문 앞에 서니 주저가 되었다. 면목이 없었다. 그렇게 제자리를 맴돌 때 강토가 나왔다. 무의식적으로 피하다 강토에게 잡힌 것.

그게 시나리오의 전부였다.

"잘 생각했어, 형, 너무 잘 생각했어."

강토가 준서 어깨를 품었다.

"나 하나만 도와줄 수 있겠냐?"

"말해. 내가 할 수 있으면 뭐든지 해 줄게. 초콜릿을 위한 식 향부터 형하고 어머니 기운을 내는 향까지."

"초콜릿은 내가 만들 거야. 대신……."

준서가 시선을 들었다. 그새 많이 단단해졌다. 그 단단한 시선과 함께 준서의 요청이 나왔다.

"술의 유혹을 떨칠 수 있는 술 향수 좀 부탁해."

*　　　　*　　　　*

"술 향수?"

다인의 눈이 휘둥그레졌다. 술 향수라니?

"오빠, 술 끊는다면서 무슨 술 향수?"

"향수는 냄새잖아? 옷에 뿌리면 냄새만 맡으니 취하지 않을 거야. 팔이나 어깨에 뿌려서 세포로 흡수된다고 해도 그 정도로 취할 리 없고. 그렇게 조금씩 버티다 보면 금단현상을 이길 것 같아서."

"가능해?"

다인이 강토를 바라본다.

"가능하지."

그 대답을 상미가 해 버렸다.

"배 실장……."

"우리 대표님이 괜히 신성이겠어? 너 가의도에 있는 동안 럼 앱솔루트부터 와인, 사케 앱솔루트까지 쫙 섭렵했거든?"

"진짜?"

다인이 강토에게 물었다.

"응."

"하긴 술 노트 향수가 있다는 말, 들은 것도 같고……."

"형."

"되겠냐?"

"당연하지. 여기서 잠깐만 기다려."

"지금 당장?"

"아니면? 형이 술의 유혹에 져서 다시 마시기 시작하면 꽝이잖아? 오래 걸리지 않을 거야. 그동안 다인이가 가의도에서 분투한 얘기나 듣고 있어."

강토가 조향실로 들어갔다.

알코올 냄새 향수.

상미 말대로 몇 번 만들어 보았다. 사실 콜라부터 사이다까지 재현해 보지 않은 향이 별로 없었다. 새로운 향수를 만들기 위해서는 기존의 향을 알아야 했고 그러다 보니 보편적으로 쓰이는 것들에 대한 연습이었다. 덕분에 소주 향도 만들고 와인에 양주 향까지도 섭렵한 강토였다.

와인 향을 만들 때는 오크 통까지 동원했다. 오크 향료를 넣었지만 만족할 향이 나오지 않았다. 오크 통에서 스모키한 맛의 원인을 알았다. 통을 분해하니 안쪽이 그을려 있었다. 오크 통의 구조 때문이었다. 오크 통은 둥근 몸통을 가진다. 그러자면 나무에 열을 가해야 한다. 이때 나무가 타면서 생긴 그을음이 와인의 발효에 영향을 미친 것이다.

와인이나 코르크가 아니라 오크 통 속에 숨겨진 향의 비밀까지 찾아낸 강토였다.

그때 만든 와인 향 향수를 꺼내 보았다. 달달한 향이 풍겨난다. 하지만 약했다. 꽤 오랜 시간 알코올에 길들여진 준서였다. 그 유혹을 제압하자면 와인으로는 싱거울 것 같았다.

「럼주」

강토의 낙점은 럼주에게 꽂혔다.

'아.'

술을 찾다가 구석진 상자에서 또 다른 술 냄새를 맡았다. 사케였다. 오 팀장이 보내온 샘플들인데 아직 개봉도 못 하던 참이었다. 상자를 여니 사케 앱솔루트 두 개가 나왔다. 일본의 향료 회사에서 아네모네에 보낸 것들. 분량이 넉넉하면 강토에게도 나눠 주던 오 팀장이었다.

마음에 드는 향이 있었다.

스케치에 끼워 넣었다.

럼과의 매칭이 괜찮았다. 늦은 밤, 푸르게 아련한 조명을 밝힌 고급 바, 그 원목 테이블에 올라앉은 강렬한 럼주와 얌전한 사케의 부킹. 럼의 향이 푸근해지니 쇼콜라티에에게 잘 어울렸다.

좋았어.

준서를 위한, 알코올 방지를 위한 알코올 시그니처 스케치에 들어간다.

'첫인상은 뭘로 줄까?'

준서와 맞춰 보니 티무트 페퍼가 제격이었다. 포도와 자몽 냄새의 상쾌함이니 핑크 페퍼보다 나았다. 여기에 네롤리를 붙이면 기품이 돈다.

하트노트로 쓰일 향은 당연히 럼과 사케 앱솔루트다. 세이지를 조금 넣으면 잡 향이 정리된다.

베이스노트는 타바코와 참백나무를 매칭했다. 타바코는 술과 어울린다. 참백나무는 우디함에 더해 상상력을 고양시키기 위해 넣었다.

더러 샌들우드를 쓰는 사람도 있지만 그걸 쓰면 관능적으로 변할 수 있다. 술 취한 기분 정도 내는 데 관능 따위는 필요 없었다.

스케치된 향에 대해 블렌딩에 들어간다. 타바코 향료는 아주 미량, 티무트 페퍼를 끝으로 플라스크를 살짝 기울였다. 플라스크 목에 코를 대자 달달하면서도 상큼한 프루트에 우디한 향이 붙으며 쾌적한 느낌을 주었다. 티무트 페퍼와 네롤리만으로 시트러스와 프루트 노트를 풍성하게 살렸다. 그 뒤로 촉촉한 럼에 사케 향이 이어지고 담배 냄새가 살짝 끼어들며 분위기를 맞춘다. 타바코는 극미량이었다. 초콜릿을 만들면서 담배 냄새를 폴폴 풍기게 할 수는 없었다.

악센트는…….

초콜릿 노트.

달달함과 푸근함을 조금 올려 주었다.

아주 좋았어.

넉넉하게 500ml 병에 담아 들고 나왔다.

치이잇.

준서가 향수를 뿜었다. 조금 많이 뿜었다.

"하아아."

그런 다음에 긴 숨을 몰아쉰다. 조바심이 가시는 표정이었다.

"살 만하다. 향도 죽이고."

준서 입가에 미소가 돌았다.

"그거 한 병으로 끝내."

강토가 애정 어린 으름장을 놓았다.

"노력해 볼게."

준서가 웃었다.

그때 강철의 블레이드 러너가 뛰어 들어왔다.

"선생님."

태홍이었다.

"왜?"

"메리언 선생님이 주신 미션요. 제가 해치웠거든요. 한번 보실래요?"

태홍의 말에 준서를 슬쩍 돌아보는 강토. 어쩌면 좋은 자극이 될 것도 거 같아 수락을 했다. 마당을 걷던 태홍이 360도 연속 돌기에 이어 뒤로 돌기를 시도했다. 비장애인처럼 유려하지는 않아도 제법 안정감이 있었다.

"잘하는데?"

강토가 박수로 화답했다.

"그렇죠? 이게 Back turn이래요."

다시 한번 시범을 보이는 태홍이다. 그걸 할 수 있는 게 자랑스러운 표정이었다.

"메리언의 패션쇼에 갈 수 있겠는데?"

"그리고 선생님이 내 주신 향신료 미션도 맞힐 수 있을 거 같아요."

이번에는 향낭을 내미는 태홍이었다.

"너무 빠른 거 아니야? 기회는 한 번뿐이야."

"그래도 한번 해 볼래요."

"배 실장."

강토가 상미를 돌아보자 그녀가 스파이시 원료들을 들고 나왔다. 약 20여 가지였다. 스파이스와 향신료 원료들은 상미의 후각을 향상시키는 데 쓰고 있었다. 덕분에 담배는 피우지 않는다. 이제 정상인 정도는 되지만 그것으로 부족했다. 조향에서는 더 좋은 후각을 가질수록 좋았다.

"누구?"

준서가 돌아본다.

"응, 내 제자 후보."

"제자 후보?"

"시작합니다."

그사이에 태홍이 소리쳤다. 베티를 닮아 가는 걸까? 전보다 훨씬 많이 명랑해진 태홍이었다.

"이거, 이거, 그리고 이거……."

태홍이 스파이시 원료를 가려내기 시작했다.

「올 스파이스, 정향, 카르다몸, 육두구, 시나몬, 커민, 파프리카, 후추」

태홍이 골라 놓은 건 모두 일곱 개였다.

"……"

상미가 강토를 본다. 하얗게 굳은 얼굴이다. 이 미션은 강토의 지시를 받은 상미가 내 주었다. 무려 8개의 스파이시 원료를 섞어 준 것이다. 처음에는 4가지만 넣었다. 하지만 강토가 고개를 저었다. 그렇지만 이렇게 맞혀 버릴 줄은 생각도 못 했다. 5개 정도만 맞혀도 굉장한 후각이기 때문이었다.

"틀렸… 나요? 육두구 대신에 커피콩을 고를 걸 그랬나?"

태홍이 강토를 돌아본다. 이제 강토도 살짝 굳어 버린다. 후추를 빼고 커피콩을 넣었더라면 퍼펙트할 뻔한 것이다.

"아니, 하나 빼고 다 맞혔어. 거의 100점이야."

"정말요?"

"그래."

"와아아."

태홍이 블레이드 러너를 굴려 경중 솟구친다.

"뭐야? 대표님 후각의 카피도 아니고……."

다인도 혀를 내두른다.

"저 다른 미션 주세요."

태홍이 강토를 조른다. 이 아이, 정말 조향사가 될 기세였다. 의욕이 기특해 스파이시로 만들던 향수를 내 주었다.

"3일 안에 분석해 봐."

"3일은 너무 길고요, 내일까지 해 올게요."

태홍은 블레이드 러너를 경중거리며 나갔다.

"쟤, 진짜 뭐냐?"

준서가 물었다.

"이웃에 살아. 두 다리를 잃었는데 조향사가 되고 싶다길래 가끔 숙제 내 주고 있어."

"……."

준서의 시선이 럼+사케 향수로 내려간다. 눈빛이 깊어진다.

"나 이거 반만 쓰고 돌려줄게."

"왜?"

"저 애 보니까 그래야 할 거 같아서……."

"형……."

"그렇게 할게. 어차피 버려야 할 술이면 빠를수록 좋겠지."

"너무 무리 안 해도 되는데……."

"간다. 가게 다시 정리되면 연락할게."

"알았어. 꼭 연락해야 해."

강토와 상미, 다인이 입을 모아 배웅을 했다.

"오, 예에."

준서가 멀어지자 모두가 주먹을 쥐고 환호했다. 준서가 돌아왔다. 이제 정상이 되는 건 시간문제였다. 태홍의 전략도 성공이었다. 태홍을 본 준서는 보기 전과 달랐다. 태홍의 의지에서 자극을 받은 것이다.

"대표님, 우리 생맥이라도 한잔 때려야 하는 거 아니야? 준서 오빠가 돌아왔으니?"

다인이 강토에게 유혹의 추파(?)를 던졌다.

그러자.

치잇.

다인에게 럼+사케 향수를 뿌려 주는 강토.

"미안하지만 내가 일이 좀 밀렸거든. 그러니까 그걸로 만족해."

치잇.

조향 오르간에 앉으며 럼+사케 향수를 뿌렸다. 술과 초콜릿, 과일을 한꺼번에 먹는 기분이다.

'응?'

사케 때문이다.

사케로 눈길이 간다.

사케는 크게 두 종류로 나누는데 그중 하나가 향을 품고 있었다. 사케 역시 와인처럼 복잡하다. 누룩과 효모를 쓰는 까닭이다. 간단히 말하면 결국 곰팡이 냄새였다. 그 냄새를 어떻게 익혀 내느냐가 관건인 것이다. 사케 자체에는 큰 관심이 없었다. 그래도 향수의 원료가 되니 차근차근 파악을 했다.

일본.

그 단어가 연결 고리가 된 걸까? 교토로 날아간 로베르토의 전화가 들어왔다.

─닥터 시그니처? 통화가 될까요?

목소리가 밝았다.

"예, 박사님."

―내일이나 모레에 일본으로 올 수 있나요?

"네, 보죠."

―그럼 니가타에서 봅시다. 츠바사도 그때나 시간이 나는 모양입니다.

"스타니슬라스 박사님은요? 프랑스로 가셨습니까?"

―원래는 그래야 하는데 닥터 시그니처를 보고 가겠다는군요. 그냥 가면 잠이 안 올 것 같다나요? 완전히 당신의 팬이에요.

"제가 준비할 게 있나요?"

―딱히 없을 것 같습니다. 그 빛나는 후각과 영감만 가져오시면……

"그렇게 하죠."

―스케줄은 어떻게 잡아 드릴까요?

"일본이니 아침 일찍 갔다가 저녁에 돌아오는 편이 좋을 것 같습니다. 모레로 해 주십시오."

―그렇게 예약해서 이메일로 넣어 드리죠. 그럼 니가타에서 뵙겠습니다.

로베르토가 통화를 끊었다.

츠바사.

가만히 그의 이름을 생각했다.

일본의 미래로 꼽히는 조향사.

한국의 조향사로서 일본의 조향사를 만나는 일.

둘 중 한 사람이 선택되는 일.

ㅡ일본과의 일이라면 가위바위보에서도 이겨라.

그런 말이 떠올랐다.

혼자 웃었다. 이건 흔한 국뽕과 상관없는 일이었다. 그러나 하우스를 키울 수 있는 일이다. 세계 톱클래스의 자동차에 향수를 넣고 그 차의 모델로 나오는 일은 흔한 기회가 아니었다.

물론 또 한 번의 파도를 넘어야 한다.

그깟 파도쯤.

넘어 주지.

마음을 다스리며 조향에 들어갔다. 교토로 가기 전에 밀린 시그니처 예약 향수를 완성시켜야 했다.

두 개의 시그니처를 끝내고 잠시 쉴 때 전화 벨 소리가 요란해졌다. 그런데, 소리는 좀처럼 그치지 않았다.

"왜?"

강토가 매장으로 나왔다. 상미와 다인은 전화와 노트북 앞에서 진땀을 쏟고 있었다.

"이것 좀 봐 봐."

노트북 화면이었다. 납골 묘가 보였다.

"누가 올린 게시물인데 우리 향수가 나왔어. 좋아요 숫자하고 댓글 좀 읽어 봐."

상미가 포인트를 가리킨다.

「세상에서 가장 향기로운 울 엄마의 집」
「닥터 시그니처, 고맙습니다. 선생님의 찐 장미 향수 덕분에 엄마가 편안하게 천사가 되었어요.」

멘트 속에 강토의 미니어처 'For 수고한 나'가 보였다.

'아……'

그제야 알았다. 그 소녀였다. 백화점에서 본 여학생… 어머니가 임종을 앞두고 있다던… 장미 향수를 좋아한다던 ∞의 여학생… 기묘한 건 납골 공원이 강토 부모가 영면에 든 곳이라는 사실이었다. 세상은 참 넓고도 좁았다.

그사이에도 매장의 전화는 계속 불이 나고 있었다.

불은 강토의 핸드폰으로 이어졌다.

—닥터 시그니처, 그 게시물 봤어?

아네모네의 차 샘이다.

—이거 찐 감동이야. 기사화해야겠어.

서나연 기자까지 제정신이 아니다.

사연과 함께 강토의 하우스와 인성이 부각되었다. 일본 니가타행을 앞둔 강토 발길이 한결 가벼워졌다.

제5장

—

일본의 별 츠바사

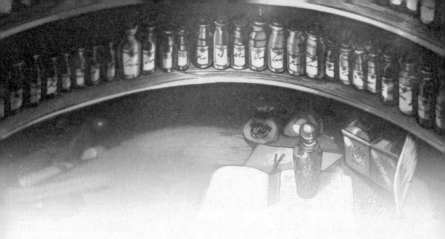

'엄마, 아빠······.'

납골 묘 앞에 강토가 서 있다. 오랜만에 들렀다. 하우스를 오픈하기 전과 추석 연휴에 오고는 처음이었다. 술을 한 잔 부었다. 사케 냄새가 났다. 사실은 사케 노트의 향수였다.

후각을 찾고 처음 왔던 날처럼 쿵쿵 코를 벌름거렸다. 좀 어색하지만 어머니 아버지에게 보내는 신호였다.

저 이제 후각 이상 없어요.

말하지 않아도 두 분은 알 것 같았다.

작은 길로 나와 후각을 가다듬었다. 소녀의 냄새를 찾는다. 하지만 그보다 강토의 장미 니치가 더 먼저 감지되었다. 구역이 다른 납골 묘역으로 들어섰다. SNS에서 본 장면이 나왔다. 여학생 어머니의 납골 묘였다. 사진하고 똑같다.

그 앞에도 한 잔을 따랐다. 이번에는 장미 향이다. 향수라고 꼭 몸이나 옷에 뿌릴 필요는 없다. 이렇게 두면 자연적으로 디퓨저가 된다.

장미 향수를 좋아했다던 고인이다.

천국의 장미 향수는 여기 것보다 백만 배는 좋겠지?

혼자 생각하고 돌아설 때였다. 장미꽃을 든 소녀와 만났다. 생각지도 못한 우연. 그 여학생이었다.

"선생님."

아버지일까? 중년의 남자와 함께 선 그녀가 자지러졌다.

"저희 엄마에게 온 거예요?"

"네? 아… 그게 실은 우리 부모님도 저쪽 묘역에 영면하셔서……."

"와아, 이거 뭐예요? 장미술?"

여학생이 제단 앞의 잔을 발견했다.

"술을 섞은 장미 향수예요. 덕분에 내가 조금 더 유명해진 거 같아서요."

강토가 가만히 웃었다.

"저 나중에 선생님 찾아가려고 했는데……."

여학생이 얼굴을 붉힌다.

"나요?"

"저도 조향사 되고 싶어요. 어떻게 하면 될 수 있을지 알려 달라고 하려고요. 하지만 선생님이 저를 기억할까 걱정하던 참이었는데⋯⋯."

"미안하지만 나는 냄새만으로도 사람을 알아볼 수 있거든 요."

"그렇구나. 선생님이라면 그럴 거 같아요."

"아니, 조향사라면 다 그래요."

"저도 조향사가 될 수 있을까요? 나중에 제가 만든 찐 장미 향수를 드럼통만 한 것에 담아서 엄마 옆에 놓아 주고 싶어 요."

"당연히 될 수 있죠."

"선생님 제자 하면 안 돼요?"

"나보다 훌륭한 조향사가 널렸거든요."

"그래도 저는 선생님에게 배우고 싶어요."

"초혜야."

옆에 있던 아버지가 주의를 환기시켰다. 여학생 이름은 설 초혜였다.

"나중에도 조향사가 되고 싶거든, 그때 내가 훌륭한 조향사 가 되어 있거든, 찾아와요. 부족하지만 받아 줄게요."

강토가 명함을 건네주었다.

"고맙습니다, 선생님."

명함을 고이 받아 든 초혜가 허리를 접는다. 굉장히 고무된 얼굴이었다. 그녀의 아버지에게 인사를 하고 묘역을 내려왔다. 어느새 제자 후보만 두 명이 되었다.

*   *   *

"다녀올게."

니가타로 출발하는 날, 인천공항에서 전화를 걸었다. 상미에게 하우스를 부탁했다. 이제는 누구보다 든든한 동지였기에 걱정은 하지 않았다.

2시간 후에 니가타에 도착했다. 좌석은 일등석이었다. 이코노미만 해도 되었겠지만 로베르토가 대우를 해 주었다. 그의 의뢰인이 내는 예산이라니 군말 없이 누렸다.

흐음.

공항에 첫발을 디디며 후각의 결을 세운다. 메리언이 다녀간 일본 땅이니 그녀 냄새가 남았을까?

니가타에서 만난 첫 냄새 분자는 물이었다. 물 냄새는 어렵다. 이 냄새를 가려내는 건 거의 산짐승들뿐이다. 그래도 강토는 맡을 수 있었다. 겨울이 끝나 가는데도 산에 눈이 많았다.

한편으로는 바다 냄새도 실려 온다. 강 냄새도 끼어 있다. 니가타에는 시나노 강이 있었다. 굉장히 길었다.

공항에서 나오자 또 다른 냄새가 끼쳐 왔다.

이번에는 술 냄새다. 주정이 익어 가고 효모가 발효되는 냄새… 겨울이라 들판은 비어 있지만 대신 양조장에서 사케가 익어 가는 것이다.

그것말고도 냄새는 많았다. 그들 사이에 미묘한 냄새가 붙어 있었다. 돌이 타는 듯한 냄새였다. 일본에는 화산이 있다. 거기서 날아온 모양이었다.

원래는 도착하는 대로 로베르토에게 전화를 하기로 했었다. 그런데 먼저 발길을 끄는 곳이 있었다. 술 전시관인 '폰슈칸'이었다.

술 냄새는 한두 가지가 아니었다. 강토의 후각이 지나치지 못했다. 안으로 들어서자 수백 종의 술 향이 느껴진다. 그 자리에 멈춰서 일단, 그 냄새 분자부터 빨아들였다.

자판기 앞으로 갔다. 특이하게도 술 자판기다. 부드러운 향을 풍기는 고시노캄바이부터 빡센 느낌의 사무라이까지 맛을 보았다.

밖으로 나오니 눈이 내린다. 그 눈 사이로 수증기가 솟아오른다. 온천이 있는 모양이다. 그런데 거기서도 술 냄새 분자가 너울거렸다. 탕에 술을 부은 온천이 분명했다.

그때 반가운 체취가 가까워졌다.

"스타니 박사님, 로베르토 박사님."

강토가 돌아보았다. 내리는 눈을 고스란히 맞으며 서 있는 두 사람이었다.

"언제 오신 겁니까?"

강토가 인사를 했다.

"아까 왔지. 닥터 시그니처가 폰슈칸에 들어갈 때."

스타니슬라스가 웃었다.

"그때부터 기다리신 겁니까?"

"어쩌겠나? 눈은 내리고, 우리의 천재 조향사는 영감이 떠오르는 모양이고. 이런 거 말리면 좋은 대접 못 받지."

"박사님."

"그래, 피곤하지는 않았고?"

"타기 무섭게 내려 주던데요, 뭐. 로베르토 박사님, 일등석 감사했습니다. 기내식이 예술이었어요."

로베르토에게 답례를 전했다.

"그 고마움은 반만 접수해야 할 거 같습니다."

로베르토의 반응에 옵션이 걸렸다.

"반만이라고요?"

"자칫하면 닥터 시그니처에게 결례가 될 수도 있어서요."

"뭐죠?"

"츠바사 말입니다. 실은 오늘 정식 약속이 된 게 아닙니다."

"예?"

강토가 뻘쭘해졌다. 일등석 비행기표까지 보낸 로베르토였다. 그런데 츠바사와 약속이 잡히지 않았다니?

"그분이 갑자기 일이 생긴 건가요?"

"아뇨. 일은 이미 생겨 있었습니다."

"……?"

"박사님, 뭐 하십니까? 닥터 시그니처와 각별하시니 지원 좀 해 주시지 않고……."

로베르토가 스타니슬라스를 바라보았다. 아무래도 두 사람의 행동이 자연스럽지 않았다. 강토에게 숨기는 게 있는 눈치였다.

"실은……."

스타니슬라스가 멋쩍게 입을 열었다.

문제가 있었다.

"한국의 닥터 시그니처 윤강토?"

로베르토의 제안을 들은 츠바사 눈빛이 차갑게 변했다. 술을 좋아하는 그는 개인 온천 앞의 테이블에서 뜨거운 사케 향을 즐기고 있었다. 말린 백매화를 띄운 술 향이 좋았다. 향수 다음으로 사케를 좋아하는 그였다.

술잔을 비운 그가 냉소를 쏟아 냈다.

"한국에 쓸 만한 조향사가 있다는 말은 들어 본 적이 없습니다."

거절의 다른 말이었다.

"그가 만든 향수를 가져왔습니다. 시향해 보시면……."

로베르토가 미니어처를 꺼냈다.

"뿌리지 마시오. 내 술에는 내가 허락하는 향수가 아니면 범접 금지입니다."

그는 잘라 말했다.

"루카트 회장님이 당신을 보낸다는 말은 들었지만 한국의 조향사와 겨루라는 건 금시초문입니다."

"이 건은 회장님이 내게 일임을 한 것이라……."

"한국의 윤강토, 닥터 시그니처……."

"지금 천재로 부각되는 신성입니다. 여기 스타니슬라스 박사님과 메디치 부사장도 인정한……."

"천재라……."

"일단 시향을 해 보면……."

"그래서 그의 향수가 어느 글로벌기업에서 상품화되었습니까?"

"……."

"없군요?"

"한국의 아네모네에서 세트 향수가 출시되었습니다. 일본과 뉴욕, 유럽 등지에서 절찬 판매 되고 있더군요."

"아네모네? 한국?"

그가 파안대소를 터뜨렸다. 아네모네의 위상 때문이었다. 다른 건 몰라도 향수에서는, 듣보잡이나 다름없기 때문이었다.

"루카트 회장님께 전해 주세요. 신차의 향수, 내게 맡기지 않아도 괜찮습니다. 하지만 누군가와 자웅을 겨뤄서 선택을 받아야 한다면 제 체급에 어울리는 조향사를 보내 달라고요."

"……."

"모모카, 손님 가신다."

츠바사가 23살의 여직원을 불렀다. 매조지 하는 목소리가 얼음을 띄운 사케보다 차가웠다.

그게 문제였다.

츠바사의 스케줄을 보니 어제 홋카이도에서 돌아온다. 그리고 며칠 후에 다시 나흘 여정으로 가쓰우라로 떠난다. 그는 지금 여러 고장을 돌며 새로운 사케 향을 만들고 있었다. 일본사케협회의 의뢰를 받은 것이다.

그때는 로베르토 역시 유럽으로 돌아가야 할 시간. 아무래도 강토가 와야 할 것 같아 무리수를 택한 것이다.

"자칫 문전 박대를 당하겠군요?"

사연을 들은 강토가 어깨를 으쓱해 보였다.

"로베르토 박사님이 내 의견을 묻길래 나도 동의를 했네. 그러니까 이 사달의 책임은 나에게 있는 거야."

스타니슬라스가 책임을 떠안았다.

진심이다.

체취로 느껴졌다.

스타니슬라스는 확인하고 싶었다. 그가 추천한 강토. 츠바사를 뛰어넘는 능력자라는 사실을.

결과적으로는 일이 좀 우습게 되었다.

스타니슬라스와 로베르토는 강토를 믿고 있지만 냉정히 보면 강토는 불청객 신세였다.

고민은 짧게 끝냈다.

향수에는 우열이 없다. 취향이 있을 뿐이다. 그러나 조향사들의 프라이드에는 우열이 있다. 블랑쉬 역시 그랬다. 그는 그라스의 유명한 조향사들을 하나하나 제압해 나갔다. 그들이 신작을 내면 더 뛰어난 신작을 냈다. 누군가 그걸 모방하면 또 다른 것을 창조했다.

—따라올 테면 따라와 봐.

그게 착취자 알랑을 최고 조향사의 반열에 올려놓은 이유였다.

뛰어난 조향사가 되려면.

어차피 누군가와 비교될 수밖에 없었다.

방법은 하나뿐이었다. 조금 덜 알려진 조향사는 잘 알려진 조향사를 넘어야 했다. 게다가 일등석까지 타고 왔다. 강토가 원한 건 아니지만 보고 싶었다. 어떤 수준이기에 이토록 오만한 걸까?

"만나 보죠."

강토가 콜을 받았다.

"와우."

스타니슬라스가 쾌재를 울렸다. 이런 상황을 확신하고 있었던 모양이었다. 달리 보면 신뢰였다. 스타니슬라스는 강토가 더 높은 곳으로 가길 바랐다. 그러자면 지명도를 높여야 했다. 천재 역시 인증의 과정을 피할 수 없기 때문이었다.

"고맙네."

달리는 차 안에서 스타니슬라스가 말했다.

"아닙니다. 제가 뭐 허세 부릴 레벨입니까?"

강토가 웃었다.

"그런 레벨은 되지. 단지 공인되지 않았을 뿐."

"니가타는 물의 고장이네요? 물 냄새가 풍성합니다."

"물 냄새도 맡을 수 있나?"

"사물은 모두 냄새를 가지고 있지 않나요? 인간이 구분하지 못하는 것들이 있을 뿐."

운전하던 로베르토가 돌아보았다. 평범한 말이지만 두 명장은 의표를 찔리고 말았다.

모든 사물에는 냄새가 있다.

곱씹어 봐도 명언이었다.

"여기입니다."

차를 세운 로베르토가 정감 어린 집을 가리켰다. 일본 영화에서나 보던 별장형 고택이었다. 해안이 가까운 마당에는 커다란 정원수들이 가지런했다.

작은 담장 앞에서 가만히 후각을 다듬는다. 눈이 내리니 조금 신경을 써야 했다. 안에서 두 명의 체취가 느껴진다. 남자와 여자다. 로베르토의 이야기를 종합해 보면 츠바사와 모모카일 것 같았다.

「중장」

겐지 이야기에 나오는 천연 향을 머금고 태어난 남자 이름이 떠올랐다. 혹시 츠바사도 그런 사람일까?

"……?"

체취를 분석하던 강토의 미간이 살짝 좁아진다.

"왜 그러나?"

스타니슬라스가 물었다.

"아닙니다."

강토가 손을 저었다.

벨을 누르자 모모카가 나왔다. 아래위로 검은 빛깔의 의상을 입었다. 흰 눈과 대조를 이루니 굉장히 인상적으로 보였다.

"츠바사 선생을 만나러 다시 왔습니다."

로베르토의 언어는 불어였다. 모모카 역시 불어를 할 줄 알았다.

"죄송하지만 선생님은 피곤하셔서 일어나지 못하십니다."

모모카가 선을 그었다. 츠바사의 지시 같았다.

"오크 향 달달한 위스키 냄새가 나는 걸 보니 해장이라도 할 모양이군요. 그걸 마시면 잠시 피로를 잊을 수도 있을 테니 기다리겠습니다."

강토의 대답이었다.

"……!"

모모카의 눈동자가 출렁이는 게 보였다. 잠시 강토를 바라보더니 안으로 들어간다.

"그런 냄새까지 감지가 됩니까?"

로베르토가 물었다.

눈도 오는데?

그 말은 하지 않았다.

강토는 가벼운 고갯짓으로 답했다. 눈 따위는 상관없다는 표정이었다.

다시 모모카가 나왔다.

"술은 입으로 마실 게 아니라 향으로 마실 것이라 종일 걸린다고 합니다. 돌아가 주세요."

모모카가 문고리를 잡았다. 바람이 강토 쪽으로 향하자 아련한 향내가 진해졌다. 향수는 날씨가 추워지면 확산이 약해진다. 그러나 그건 보통 후각의 경우. 닫히려는 문틈을 강토가 잡았다.

"잠깐만요."

고리를 잡은 채 다시 한번 후각을 동원하는 강토였다. 그녀 손에서 풍기는 향수가 아니라 입술과 목, 귀, 그리고 가슴이었다.

"이것 봐요."

모모카가 쏘아붙일 때 강토 목소리가 담담하게 이어졌다.

"어차피 불청객이니 방해하지 않겠습니다. 하지만 전해 주십시오. 일본을 대표하는 조향사로 오래 남고 싶으시면 당장 병원으로 가라고 말입니다. 츠바사 선생님의 체취에 폐암의 기운이 있습니다."

"······?"

"가시죠."

강토가 로베르토와 스타니슬라스에게 말했다.

눈발은 더 거세졌다. 일본 냄새 제대로 풍기는 눈과 강물. 하루를 날리는 것치고는 나쁘지 않은 보상이었다.

"닥터 시그니처."

스타니슬라스가 강토를 바라보았다.

"죄송합니다. 열심히 지명도를 높여서 다음번에는 박사님 체면에 금이 가지 않도록 하겠습니다."

"아닐세. 멋대로 밀어붙인 우리 잘못이지."

"기왕 이렇게 된 거 어디 가서 좋은 사케나 한잔할까요? 면목 없는 내가 쏘지요."

로베르토가 말했다.

부릉.

막 시동이 걸릴 때였다. 대문이 열리더니 거짓말처럼 츠바사가 걸어 나왔다.

*   *   *

"당신이 한국 조향사?"

창을 내리자 츠바사의 일본어가 들려왔다.

"불어를 하신다고 들었습니다만."

강토의 대답은 불어였다. 유려한 불어를 들은 츠바사의 미간이 꿈틀거렸다.

"프랑스 유학을 하셨나?"

그도 불어로 답했다. 제법이지만 강토 수준일 리는 없었다.

강토가 문을 열고 나와 츠바사 앞에 섰다. 눈발은 그칠 줄을 모른다.

"프랑스에 가야 프랑스 말을 배울 수 있는 건 아닙니다."

"그럼 불어 전공?"

"화학과 조향학 복수전공입니다."

"모모카에게 한 말 말이야."

"폐암 말입니까?"

"결과가 나온 건 아니지만 폐암 검사를 받은 건 사실이야. 어떻게 알았나?"

"저 여자분에게서 냄새가 났습니다."

"모모카?"

"자세히 말할 자리가 아닌 것 같습니다만."

강토가 좌우를 의식시켰다. 그의 뒤에는 모모카가 서 있고 강토 뒤에는 로베르토와 스타니슬라스가 서있었다.

"무슨 뜻인가?"

츠바사가 강토의 예의를 비켜 갔다.

"사실을 말해도 된다는 겁니까?"

"사실을 묻고 있지 않나?"

"당신의 집에서 풍기는 체취에서 감을 잡았습니다. 그리고 심부름을 나온 저 여자분… 당신의 호흡이, 당신의 타액이 그녀에게 묻었습니다. 거기서 확인을 했습니다."

츠바사에게 다가선 강토가 그 귀에 대고 속삭였다.

"……?"

놀란 츠바사의 눈동자가 떨렸다. 그러나 강토는 떨지 않았다. 오히려 더 묵직해지고 있었다.

츠바사와 모모카.

조향사와 어시스트의 관계만이 아니었다. 둘은 연인 관계였다. 츠바사가 나오는 순간 그걸 확신했다. 모모카에게 츠바사의 체취가 깊었던 것.

게다가 둘은 오늘 아침에 관계를 가졌다. 강토가 도착하기 직전이었다. 그렇기에 츠바사의 것이 모모카에게 남았다. 폐암 분자의 냄새는 그렇게 알 수 있었다. 모모카에게 얼룩진 츠바사의 체취…….

"조 말론의 흉내를 내는 건가?"

의표를 찔린 츠바사가 각을 세우고 나왔다.

"조 말론도, 파리나의 흉내도 아닙니다. 조향사로서 향을 감지한 것뿐."

"그러나 속단했잖나? 내가 CEA와 CA15—3 등의 종양표지자 검사 결과가 좋지 않아 정밀검사를 받기는 했지만 아직 진단 결과가 나오기 전이야. 병원에서는 특이도가 높지 않아 괜찮을 거라고 했고."

"미안하지만 결과는 제가 말한 대로일 겁니다. 하지만 그래도 행운인 건 이제 시작 단계라는 거죠. 완치될 수 있을 겁니다."

"무례하군. 의사들도 괜찮을 거라고 했다지 않았나?"

"……"

"승복하지 않는군. 그렇게 자신하나?"

"저는 조향사지만 향수의 향만 다루지 않습니다. 대한민국 최고로 꼽히는 SS병원의 조기암 진단에 잘 훈련된 두 마리의 비글과 함께 참가하고 있습니다. 지금까지 조기 발견 한 환자만 20명을 넘고요."

"한국의 의료 수준이 일본에 미치나?"

"당신과 의료 수준을 논하러 온 건 아닙니다."

"그렇게 자신 있으면 우리 모모카는 어때?"

"신장병입니다."

"……?"

츠바사의 말이 끝나기도 전에 강토 답이 나왔다. 츠바사의 눈동자에 퍼렇게 서던 각이 무너지는 게 보였다.

"신장병?"

"미세하지만 암모니아 냄새가 나지 않습니까? 신체의 폐기물을 완벽하게 폐기하지 못해서 나는 냄새지요. 최악은 아니지만 가벼운 것도 아니네요."

"허."

츠바사 입에서 탄식이 나왔다.

그 순간 츠바사의 핸드폰이 울렸다. 강토를 쏘아본 그가 두어 걸음 물러나 전화를 받았다.

"닥터 시그니처."

로베르토는 걱정스러운 표정이었다. 자칫 츠바사의 감정을 건드려 최악의 상황을 맞을까 우려하는 것이다. 그래도 스타니슬라스는 달랐다. 그는 애정 어린 시선으로 묵묵히 바라볼 뿐이었다.

"형님?"

통화하던 츠바사의 시선이 지향점을 잃는다.

"아닐 거라고 했잖습니까?"

목소리가 올라가는 츠바사.

"이런……."

마침내 한숨으로 이어지는 츠바사였다.

"……."

통화를 끝낸 그는 한동안 발밑을 바라보았다. 의사로 있는 사촌 형의 전화였다. 폐암이 확정되었다는 소식이었다.

"그렇다면 말이야."

츠바사가 강토에게 시선을 겨눈다.

"위스키를 따라 놓은 것도 알았다지. 그 위스키가 몇 년산인가도 맞힐 수 있을까?"

"……?"

뒤에 있던 로베르토와 스타니슬라스가 미간을 좁혔다.

위스키.

솔직히 둘은 그 냄새도 맡을 수 없었다. 대문에서 집 안까지의 거리는 무려 10여 미터였고 눈발이 날렸다. 개라면 몰라도 사람의 코로는 불가능했다. 그런데 그 위스키가 몇 년산인가를 맞히라니?

둘의 뇌리에는 장 폴 겔랑이 스쳐 갔다. 열다섯의 소년, 장 폴 겔랑. 그는 한 번도 맛보지 못한 코냑 중에서 최고의 것을 골라냈던 적이 있었다. 하지만 그것조차도 코냑이 코앞에 있을 때였다. 강토의 경우에는 위스키가 보이지도 않는 것이다.

"뭐라고 하셨습니까?"

눈발을 맞으며 강토가 되물었다.

"자신이 없나?"

"아뇨. 당신이 잘못 말한 것 같아서요."

"내가?"

"예. 그러니 수고스럽더라도 확인을 위해 한 번만 더 말해 주시지요."

"……"

"……."

둘의 시선은 완전하게 서로를 겨눈다. 피부가 따가울 정도의 신경전이었다.

"좋아. 한 번 더 말해 주지. 저 안의 위스키, 몇 년산인가?"

"미안하지만 당신은 지금도 잘못 말했습니다."

"뭐라고?"

"저 안의 위스키는 년 단위가 아닙니다. 만든 지 딱 5일, 오늘까지 합치면 6일이 되는데 자꾸 년 단위로 물어보니 재질문을 했던 겁니다."

"……?"

순간 츠바사가 비틀거렸다.

"선생님."

모모키가 달려와 그를 부축했다. 겨우 몸을 지탱하는 그의 이마에 식은땀이 보였다. 그걸 본 로베르토와 스타니슬라스가 한 번 더 긴장했다.

츠바사가 던진 질문은 위스키였다.

두 사람이 아는 한 5일짜리 위스키는 없었다. 5년산이라면 몰라도.

그런데.

강토의 답은 분명 5일이었고,

츠바사는 민감한 반응을 보였다.

대체…….

대체 무슨 논쟁을 벌이고 있는 걸까?

두 사람의 신경이 곤두설 때 츠바사의 입이 열렸다.

"모모카."

"네."

"손님들을 너무 오래 밖에 세웠군. 안으로 모셔라."

*　　　　*　　　　*

츠바사의 조향 왕국.

어떤 곳일까?

문이 열리는 순간을 집중했다. 눈은 뜨지 않았다. 강토는 이제 조향 작업장의 냄새 분자만으로도 그가 무엇을 선호하고 작업하는지 알 수 있었다.

가장 최근의 향조는 쌀이었다. 쌀로 만든 사케를 다루니 길초산과 카프론산, 에틸 에스테르 등의 냄새가 그득하다. 거기에 오크 노트가 배었다. 사케와 위스키를 동시에 시험한 모양이었다.

그 이전에 사용한 향료는 여러 가지가 감지되었다.

주된 향기는 라일락과 히아신스, 장미와 벚꽃이었다. 앞선 두 가지 향조는 인공 향이었다. 간결한 페닐아세트알데히드 냄새로 알 수 있었다.

희미한 다른 향조는 해조였다. 해조류는 황화물과 아민류,

테르핀류가 섞인 듯한 향을 풍긴다.

전체적인 향조는 말쑥하다. 맑게 갠 해변에서 바라보는 반짝반짝 물비늘의 바닷물이랄까?

"탐색인가?"

다다미 위의 츠바사가 강토를 돌아보았다.

"아, 아닙니다."

정신 줄을 챙기고 거실로 들어섰다.

차 대신 위스키가 나왔다.

"드셔 보시죠."

츠바사는 태연했다.

"선생님."

로베르토가 츠바사를 바라보았다. 두 사람의 선문답에 대해 아직 모르는 로베르토와 스타니슬라스였다.

"5일 숙성 위스키 맞습니다. 하지만 맛은 거의 21년산에 가깝습니다."

츠바사가 웃었다. 허를 제대로 찔린 미소였다.

"5일 숙성 위스키?"

로베르토는 믿을 수 없다는 표정이다.

"사케 향을 만들다 보니 위스키 회사에서도 의뢰가 오더군요. 가볍게 마시되 17년이나 21년산의 기분을 낼 수 있는 위스키 향이 필요하다고."

"그걸 만들었단 말입니까?"

"딴에는 쾌거라고 생각했는데 박사님이 데려온 한국 조향사를 보니 그런 것도 아닌 모양입니다. 다시 만들어야 할 것 같습니다."

"잠깐만요."

로베르토가 위스키를 시음했다. 스타니슬라스도 한 모금을 물었다.

"……."

혀 안에 머무는 맛을 골라낸다. 참나무 향에 달콤한 바닐라 향, 그리고 스모키한 바디감…….

"5일산이라… 차마 믿기지 않는군요."

로베르토의 감평이었다.

"술을 즐기지 않는 나로서는 크게 나쁘지 않습니다. 만약 5일산이라는 정보가 없었더라면 그냥 넘어갔을 수도 있었겠어요."

스나티슬라스의 평도 크게 다르지 않았다.

"당신은 어떤가?"

츠바사가 강토를 바라보았다.

"두 분 의견과 궤를 같이합니다. 다만 향의 숙성이 미숙하고 향미의 밸런스가 안정되지 않긴 했지만 모르고 넘어가는 사람들이 많으리라 봅니다."

"허얼."

츠바사가 혀를 내둘렀다. 그런 다음에 사진을 한 장 꺼내 놓고 말을 이어 갔다.

"액티베이터입니다. 참나무 조각을 포도 향에 재운 후에 배합, 온도, 기압을 맞춰 5일간 숙성시켰지요. 조금 빠르면 3일 만에도 21년산 위스키 맛을 낼 수 있습니다.

'액티베이터……'

강토의 청각이 적격 반응 했다. 말하자면 고속 숙성기다. 이따금 성질 급한 예약자들에게 소용이 될 것 같았다.

"당신, 와인 공부도 했나?"

설명을 끝낸 츠바사가 물었다.

"아뇨."

"그렇다면 가히 천재적이군. 냄새를 구분하는 건 학습으로 가능하지만 냄새에 대한 민감성은 학습이나 훈련으로 이룰 수 없는 일. 조향사가 바로 와인 평론가가 될 수 없는 이유가 그것이지. 향수와 와인은 서로 다른 향을 다루니까."

"운이 좋았습니다."

"천만에. 눈이 내리지 않았다면 그럴 수 있었겠지만 눈이 오고 있지 않은가?"

츠바사가 창문을 돌아보았다. 눈은 아직도 내리고 있다. 그 말을 들은 로베르토와 스타니슬라스의 등골이 서늘해졌다. 둘도 잊고 있었다. 눈이 내리는 상황이었다는 걸.

눈이 내리면.

후각은 냄새를 잘 맡지 못한다. 향은 날씨가 차가우면 몸을 사리기 때문이다. 바꾸어 말하면 강토의 후각이 기체색층분

석기급이라는 증명이었다.

"로베르토 박사님이 무리한 이유가 그거였군요?"

"……."

"맞습니까?"

"솔직히 말하면 그렇습니다. 하지만 다른 이유도 있었지요."

"다른 이유?"

"루카트 회장님은 사실 이번 신차 향기 시스템에 스토리를 입히고 싶어 합니다. 그런데 아시다시피 유럽에는 이제 그럴 듯한 스토리가 없습니다. 빼먹을 만한 건 다 빼먹었다는 뜻이죠. 지보단 출신이시니 잘 알고 있을 겁니다."

"……."

"아시아는 그 반대죠. 뭐 좀 빼먹고 싶어도 빼먹을 기반이 없습니다. 일본을 제외하고는 조향 기반이라는 게 취약하니까요. 제 생각이지만 닥터 시그니처와의 경합은 츠바사 선생님에게도 나쁘지 않을 것 같았습니다. 괴물 신인과의 경합에서 선택을 받았다는 스토리가 입혀지면……."

"괴물 신인에게 먹히게 만들어서 괴물에게 신화를 입히려는 게 아니고요?"

"선생님 입에서 그런 말이 나오는 걸 보니 이 시나리오는 대박이군요. 선생님도 인정을 한다는 뜻이 아닙니까?"

"다른 건 몰라도 눈 오는 날, 5일짜리 위스키를 찾아내는 후각만은 인정합니다. 제 암 진단검사와 우리 모모카의 신장

병 역시……."

"그러시면 닥터 시그니처를 한번 시험해 주시겠습니까?"

"별수 없군요. 모모카, 두 달 전에 숙성실에 넣어 둔 향수 말이다. 꺼내 오거라."

츠바사의 지시가 떨어졌다.

모모카가 들고 온 건 알루미늄병이었다. 숙성실 문이 열리고 닫힌 후에 싸아한 메탈릭 향이 느껴지는 걸 보니 상당수의 향수를 알루미늄병에 보관하는 것 같았다.

"스틱 여기 있어요."

모모카가 시향을 위한 스틱을 준비했다.

"로베르토 박사님 추천이라면 조향의 기본이야 문제도 아니겠지요. 그러나 여기는 이 사람의 집이니 이 사람 방식대로 하겠습니다. 괜찮겠습니까?"

츠바사가 로베르토를 바라보았다.

"닥터 시그니처?"

로베르토가 강토를 돌아보았다.

"저는 뭐든 상관없습니다."

강토의 답이었다.

그러자 츠바사가 향수병을 열었다. 동시에 강토는 눈을 감았다. 알루미늄병이 열리는 순간, 농축된 향들이 경쟁하듯 밀려 나왔다. 향 분자들이 후각세포 속에 연주를 들려준다. 어코드가 기가 막힌다. 어쩌면 천상의 하모니처럼 들렸다.

그 선율에 갈라 보기 시작한다.

히아신스와 재스민, 바이올렛 노트였다.

복숭아와 멜론, 딸기와 살구 노트도 있다.

시나몬에 모스…….

몰약과 사향…….

그리고.

그리고…….

"메인 향이 무엇인지 이 친구가 알아낸다면 로베르토 박사님의 테스트에 응해 드리죠."

츠바사의 미션이 나왔다.

간단히 보면 플로럴+프루트 조합.

그러나 조향학과 학생도 아닌 강토에게 그걸 물어볼 리 없었고…….

강토는 눈을 감은 채 뜨지 않고 있었다.

강토와 츠바사.

또 무슨 선문답의 세계로 가려는 것일까?

＊   ＊   ＊

"닥터 시그니처라고?"

츠바사가 강토를 바라보았다.

"닉네임이 멋지군. 아직은 후각만 뛰어난 건가?"

"……."

"너무 어렵다면 조금 쉬운 것으로 바꿀 수도 있어."

바꾼다?

강토 눈꺼풀이 살짝 경련했다. 그것 자체가 이미 츠바사에게 꿀리고 들어간다는 뜻이었다. 그럼에도 강토는 아직 눈을 뜨지 않았다.

꽃류와 과일류, 시나몬과 모스, 그리고 사향…….

거기에 딸려 오는 희미한 향 분자의 궤적을 좇아간다. 이미지 속에는 물빛 청량함도 살짝 엿보인다. 하나하나 분해하다 보니 결국 공통점이 나왔다. 이 향들의 기원은 하나였다.

"침묵으로 해결할 수 있는 건 아닐 텐데?"

츠바사의 압박이 이어질 때.

좋았어.

강토가 눈을 떴다.

"이제 됐습니다."

"그래?"

"이 향수, 단 한 종의 노트로 만들었군요."

"……?"

강토 말에 네 사람이 흠칫거렸다. 로베르토와 스타니슬라스는 물론 츠바사와 모모카까지.

"뭔가?"

답을 묻는 츠바사의 미간이 구겨지고 있었다.

"그 전에 한 가지 묻겠습니다."

"말하라."

"이게 다른 테스트와 연결되는 것입니까? 아니면 이걸로 끝나는 것입니까?"

"······."

츠바사의 미간이 다시 경련을 한다. 강토에게 속마음을 들킨 것이다.

"연결이다. 향수의 세계란 그런 것이니까."

츠바사가 본심을 밝혔다. 이제는 로베르토와 스타니슬라스의 미간이 찡그려졌다. 일본의 대표 조향사라 할 수 있는 츠바사. 그리고 한국의 떠오르는 신성 강토. 둘은 로베르토와 스타니슬라스가 짐작하지 못하는 곳까지 달려가고 있었다.

"저도 한 가지 종으로 향수를 만들어야 하는 거군요?"

"그럴 생각이다."

"누구를 위한 향수입니까?"

"그 향수의 영감은 여기 모모카에게 빌려 왔다. 그녀를 생각하면 될 것이다."

츠바사가 답했다. 강토가 짐작하던 바였다. 츠바사와 모모카는 연인 사이다. 체취로 보아 약 12살 차이··· 게다가 이 향의 주제도 그쪽이었다. 빛나는 사랑에게 바치는 빛나는 꽃의 숨결···

"판단은 누가 합니까?"

"역시 모모카가 한다."

"츠바사 선생님."

로베르토가 제동을 걸고 나왔다. 그건 합리적이지 않았다.

"시그니처를 만들라는 것입니다. 시그니처의 판단은 그 향수의 주인이 하는 것 아닙니까?"

츠바사가 쐐기를 박는다.

로베르토가 강토를 바라본다. 강토는 끄덕 고갯짓으로 수락 의사를 밝혔다.

"향수 오르간은 저 안에 있다. 뭐든 써도 좋다."

강토가 다시 한번 후각을 다듬는다. 이제는 모모카의 체취를 분석하는 것이다.

"오르간에 Ammophila가 있군요. 그것에 세이지 정도만 쓰겠습니다."

강토의 답이었다.

Ammophila는 해변 잔디의 일종이다. 그것과 세이지만 쓰겠다니? 도무지 감이 오지 않는 로베르토와 스타니슬라스. 둘의 고개가 갸웃 기울었다.

"모모카."

강토가 여자를 바라보았다.

"네."

"주방으로 안내를 부탁합니다."

주방?

츠바사의 눈살이 더 찌푸려졌다. 어떤 조향사도 주방에서 향수를 만들지는 못한다. 그런데 이 애송이는 주방을 찾고 있었다.

"안내해 드려."

츠바사가 말했다. 모모카가 눈짓을 하니 그녀를 따라갔다.

"소금이 필요합니다."

주방 앞에 서자 강토가 용건을 밝혔다.

"소금이라면 여기 있습니다."

모모카가 정제염을 가리켰다.

"그것 말고… 가공하지 않은 소금은 없는지요? 오래 묵을수록 좋습니다."

"우리는 없고 이웃의 할머니들이 사용하는 걸 봤습니다."

"미안하지만 그걸 좀 구해 주세요."

"그러죠."

모모카가 뒷문으로 나갔다. 강토는 주방에서 움직이지 않았다.

모모카보다 소금 냄새가 먼저 돌아왔다. 간수가 제대로 빠진 소금이었다.

"잠깐만요."

소금을 건네주는 모모카를 잠시 정지시켰다. 핸드폰을 받는 척 시간을 끌었다. 그녀의 체취 확인이었다. 원래의 체취와 오래 묵은 소금을 들고 있는 체취의 비교였다.

"혹시 이 고장 사람입니까?"

"그런데요?"

"출생지가 가깝나요?"

"차로 10분이면 됩니다. 몽돌이 예쁜 해변이 나오는데 거기서 가까운 집이었어요."

"어느 방향인가요?"

"오던 길에서 직진해 가면 되는데……."

"알았습니다."

강토가 돌아섰다.

"로베르토 박사님, 차 좀 잠깐 써도 될까요?"

자리로 돌아와 로베르토에게 물었다.

"물론입니다만, 어디 가시려고?"

"금방이면 됩니다."

키를 받아 들고 나왔다. 눈은 거의 그쳤다. 그 길로 차를 몰아 해변으로 달렸다. 바다가 맑았다. 거기서 필요한 것들을 챙겼다.

모래부터 골랐다. 너무 젖은 것도 아니고 너무 마른 것도 아니었다. 한 줌씩 집어 냄새를 확인한다. 손바닥에 놓고 후각으로 이물질을 골라낸다. 향수에 쓰는 한 이것은 모래가 아니라 꽃이었다. 짓이겨졌거나 무른 꽃을 골라내듯 섬세하게 고르는 게 맞았다.

몽돌은 약간의 이끼가 낀 것으로 골랐다.

해초는 방파제 가까운 곳에 있었다. 크고 작은 것이 몇 가지였으니 가급적 검은빛으로 세 가지를 골랐다. 이들은 모두 약간의 상처를 가진 것들이었다. 해초가 풍기는 바다 냄새는 해초의 상처에서 나오는 냄새이기 때문이었다.

마지막은 바닷물.

굉장히 차갑지만 바지를 걷고 안쪽으로 들어가 채집을 했다. 그것으로 재료 수집이 끝났다.

그런데.

해변으로 나오자 짠 내음 사이로 불쾌한 냄새 분자가 끼쳐왔다.

왠지 뜨겁고 사납다.

마을을 돌아본다.

마을에서 나는 냄새는 아니었다. 냄새의 출처는…….

대지였다.

그리고 보니 공항에서 내렸을 때 맡았던 냄새였다. 그때보다도 많이 거칠어졌다.

"무슨 냄새가 나는 것 같지 않아?"

"글쎄, 고무 타는 냄새 같기도 하고."

해변 산책을 하던 부부가 코를 킁킁거린다.

킁킁.

그 뒤를 따르던 개가 수평선을 바라보며 짖어 댄다.

"또 석유 운반선들이 가스 같은 거 배출하는 거 아니야?"

남편이 혀를 찬다.

"겐지 상이 해변 쓰레기라도 태운 모양이죠."

아내가 남편을 끌었다.

해변은 다시 적막 속에 잠겼다.

강토 차는 눈을 밟으며 돌아왔다.

안으로 들어서자 모두의 시선이 강토에게 쏠렸다.

대체 뭘 구해 온 건지 궁금한 것이다.

「모래, 몽돌, 해초들, 그리고 바닷물…….」

강토 손에 들린 재료(?)들이었다.

'씨 노트?'

그 생각이 츠바사와 로베르토, 스타니슬라스의 머리에 공통으로 들어왔다. 아까 말한 Ammophila를 더하니 그림이 들어맞는다.

하지만.

그것도 아니었다.

씨 노트라면 다른 노트에 더불어 용연향이 필요했다. 그런데 강토는 그 말을 하지 않았다. 츠바사라면 진품 용연향은 없을지언정 대타로 쓰는 랍다눔이나 앰버는 가지고 있을 일이었다. 혹 없다고 해도 강토는 용연향의 대용품을 만들 수 있다. 곰팡이에 오크모스, 클라리 세이지만 있으면 가능하다.

하지만 그런 언급이 없었다. 필요한 건 단지 해변 잔디로 불리는 Ammophila라고 말했던 것.

용연향이 들어가지 않는 씨 노트?

물론 가능하다.

강토라면 마린 노트에 속하는 헬리오날 분자 하나만으로도 해낼지 모른다. 문제는 그런 것들을 일체 배제하고 있다는 데 있었다.

"도구를 좀 쓰겠습니다."

츠바사 앞에서 정중히 허락을 구한다.

그런 다음에 츠바사의 조향실로 향했다.

헛.

츠바사 입에서 냉소가 나왔다.

한국의 조향 천재라는 애송이.

대개 천재라는 것들은 엉뚱한 생각에 사로잡힐 때가 많다. 그렇기에 츠바사는 천재라는 단어에 높은 점수를 주지 않았다. 지보단과 유럽의 향료 학교에서도 그런 경우를 몇 번 보았다. 개와 견줘도 손색이 없을 정도로 후각이 뛰어난 수련생이 있었다. 결과적으로 그는 코스를 마치지 못했다. 야구 투수로 치면 스피드는 160km 이상인데 볼컨트롤이 없었다. 조향의 바탕도 모르면서 천재성을 발휘해 대니 좋은 향이 나올 리 없었다.

조향실에 들어선 강토가 실험 기구를 챙겼다. 별다른 건 없었다. 바닷물은 증류하고 다른 재료들을 따로따로 비커에 넣어 물과 함께 끓일 뿐이다.

'초간단 향수법.'

스타니슬라스와 처음 만났을 때 그의 수련생들이 만들던 간단 장미 향수. 그 기법이었다.

모래와 몽돌, 해초와 바닷물, 그리고 모모카가 구해 온 해묵은 소금. 재료의 성질에 따라 끓이는 시간이 달랐다.

한 시간쯤 지나자 다섯 재료가 완성되었다. 강토가 원하는 농도로 조절이 된 것이다. 마이크로피펫이 동원되었다. 준비된 알코올 역시 미량. 그 위에 모래 노트, 몽돌 노트, 해초 노트, 바닷물 노트, 그리고 소금 노트가 떨어졌다. 마무리는 츠바사가 내준 해변 잔디 노트 Ammophila였다. 미리 희석된 Ammophila가 극미량 들어갔다. 향의 마무리는 세이지가 맡았다. 세이지는 땀 냄새를 중화하는 것으로 유명하다. 여기서는 잡내를 커버할 목적으로 극미량을 취했다.

해변에서 가져온 해초 덕분에 향수에 검은빛이 돌았다. 색감만 본다면 결코 아름답지 않았다.

비커에 코를 대고 냄새를 음미한다. 소금 노트가 미량 추가된다.

다시 향을 맡는다.

끄덕.

고갯짓과 함께 스케치가 끝났다.

다음 과정은 10분도 걸리지 않았다. 스케치를 바탕으로 조향을 끝낸 것이다.

완성된 향수는 고작 몇 방울에 지나지 않았다.

'타이틀은 뭐로 할까?'

그래도 향수였다. 그냥 불쑥 내밀 수는 없었다. 상미에게 전화해 의견을 구할까 하다가 돌직구 스타일로 밀었다.

모모카를 위한 바다와 소금 향수.

「모모카 씨 솔트(sea salt)」

그제야 모두의 앞으로 돌아왔다.

"모모카 씨 솔트입니다."

츠바사 앞에 놓으며 자리를 잡았다.

"씨 솔트?"

츠바사가 중얼거렸다. 지켜보는 로베르토와 스타니슬라스도 긴장을 한다.

해변의 모래와 해변의 몽돌, 해초와 바닷물, 그리고 소금.

모두가 소금기를 머금고 있다. 츠바사의 옵션대로 하나의 주제인 것은 맞았다.

하지만.

츠바사의 시그니처에 대적하기에는 너무나 초라해 보였다.

"검은 빛깔이 도는 소금물 따위로?"

츠바사의 입가에 냉소가 스쳐 갔다.

"저는 당신 향수를 '장미 따위'라고 하지 않았습니다만."

"……?"

강토의 한마디가 츠바사를 흔들었다.

장미.

츠바사가 만든 시그니처의 핵심이었다. 강토는 그걸 알고 있었던 것이다.

"아."

그제야 스타니슬라스의 입에서 신음이 흘러나왔다.

히아신스와 재스민, 바이올렛.

복숭아와 멜론, 딸기와 살구.

시나몬과 모스.

몰약과 사향.

달달한 환상을 이룬 이 향조는 각기 다른 노트에서 온 게 아니었다. 모두가 장미였으니 그래서 장미 한 종류의 노트였다.

　─유니크 존 종에서 히아신스 향

　─에글란타인 종의 잎에서 재스민 향

　─반크시안 종에서 바이올렛 향

　─소크라테스 종에서 복숭아 향

　─수베라이네 종에서 멜론 향

—마레칼 니엘 종에서 나무 딸기 향

—마카르트니언 종에서 살구 향

—메이 종에서 시나몬 향

—무스코사 종에서 모스 향

—로사 아르벤시스 종에서 몰약 향

—모스카타 종에서 사향 향

그렇다고 해도 결국은 장미.

장미 하나로 플로럴과 프루트의 신세계 어코드를 창조한 츠바사.

로베르토와 스타니슬라스의 정수리에 칼바람이 스쳐 갔다. 강토와 츠바사의 조향 세계에 홀리면서 그걸 놓친 것이다. 츠바사가 일본의 조향 히어로로 불리는 데는 그만한 이유가 있었다.

그에 비하면 강토의 향수는⋯⋯.

"시향 하시죠."

그럼에도 강토는 일말의 흔들림조차 없다. 아니, 오히려 더 당당해지는 기세였다.

츠바사의 장미 향수⋯⋯.

강토 눈에 들어온다.

실은 아쿠아의 느낌도 있었다. 아쿠아는 보통 여러 향료를 조합한 이미지로 만든다. 간단히 말하면 플로럴에 프루티, 여기에 시트러스 노트나 우디 노트를 동원하면 가능했다. 츠바사의 장미 향수에는 그런 이미지들이 담겨 있었다. 츠바사 역시 모모카에게 무엇이 어울리는지 감을 잡은 것이다.

"모모카."

츠바사가 신호를 주었다.

모모카가 향수 앞에 앉았다.

치잇.

츠바사의 장미 향수가 블로터를 적시고.

강토의 씨 솔트 역시 블로터를 적신 후에 그녀 앞에 놓였다.

＊　　　＊　　　＊

블로터는 두 개였다.

하나는 장미만으로 연출한 플로럴 프루트 향의 명품이었고, 또 하나는 솔트 노트만으로 연출한 거무스름한 향수였다.

은은하고 달달한 향에 기품 어린 어코드. 장미 향수는 가만히 있어도 후각세포를 타고 들어와 뇌를 매료시켰다. 그러나 솔트 향수는 조용하고 밋밋하다. 얼핏 물 비린내 같은 물 향이 느껴지지만 자웅을 겨루기에는 형편없이 달리는 향의 비주얼.

모모카는 두 블로터를 바라보고 있었다.

츠바사의 장미 향수는 익히 알고 있었다. 마음에도 들었다. 그렇기에 숙성이 끝나는 날을 고대하던 모모카였다. 그 블로터 옆에 강토의 블로터가 놓여 있다. 제대로 된 향료라고는 세이지와 해변 잔디 노트밖에 들어가지 않았다. 나머지는 모두 즉석에서 만든 냄새들. 향수 빛깔까지 검은 색조이다 보니 블로터도 너저분하게 보였다.

어떻게 보면.

향수라고 보기에도 조악했던 제조 과정과 향수의 색감…….

그런데.

모모카의 후각이 반응하고 있었다.

유려한 장미 향수가 아니라 강토의 씨 솔트 향수에.

장미 향수의 블로터를 내려놓고 강토의 향수 블로터를 집었다. 츠바사를 의식하며 코로 가져온다. 그렇게 조심조심 들숨을 쉬는 순간, 모모카의 호흡이 멈춰 버렸다.

'아.'

소리 없는 신음이 밀려 나왔다.

동화.

단어로 치면 동화였다.

동화(同化).

성질이나 양식(樣式), 사상 등의 서로 다르던 것이 같게 되는 과정.

강토의 향이 코 안으로 들어오는 순간, 몸에 평화가 들어온 듯 편안해진 것이다. 몸의 헐렁한 곳을 조여 준 것이다.

'착각이겠지.'

다시 한번.

'흐음.'

강토의 향수 분자를 길게 빨아들였다.

이번에도.

모모카의 호흡이 정지되어 버렸다. 조금 전과 같은 작용이었다. 아니, 이번에는 더 강했다. 한 번 호흡하려던 게 두 번, 세 번으로 이어진 것이다. 마치 맛난 음식을 참지 못하고 허겁지겁 물어 버린 것처럼.

"……."

모모카는 느꼈다. 자신의 몸을 채워 가는 전율.

전율이었다.

그렇게 표현할 수밖에 없었다.

넋이 풀린 얼굴로 강토를 바라보았다. 몸이 향수를 원하고 있었다. 블로터 하나로는 직성이 풀리지 않았다.

끄덕.

강토가 고갯짓을 보냈다. 그녀의 시선에서 그녀가 원하는 걸 읽은 것이다.

하지만, 제대로 읽지 못했다. 모모카의 반응은 강토가 생각한 것보다 컸으니 그녀의 신호는 시향을 더 해도 되냐는 뜻이 아니었다. 작은 비커를 집어 들더니, 잠시 바라보는가 싶더니, 남은 몇 방울을 물처럼 마셔 버린 것이다.

"……?"

츠바사가 먼저 놀랐다. 통제되지 않은 본능 때문이었다.

"……?"

로베르토와 스타니슬라스도 놀랐다. 모두가 예상치 못한 일이 벌어진 것이다.

비커를 움켜쥔 모모카의 시선이 츠바사에게 향했다. 츠바사를 볼 면목이 없다. 그렇기에 물기 띤 눈빛이 떨고 있었다.

"아하하핫."

츠바사가 폭소를 터뜨렸다. 기묘한 분위기 속에서 태연한 건 강토뿐이었다.

"닥터 시그니처."

츠바사가 강토를 불렀다.

"말씀하시죠."

"설명해 보게."

"제 향수 말입니까?"

"그래."

"보시다시피 바다 소금 노트입니다."

"그 안에 숨은 의도 말이야."

"그 의도는 선생님도 알고 있었습니다."

"나?"

"아쿠아."

"아쿠아?"

"장미만으로 만든 새로운 노트. 플로럴과 프루트의 조합에도 아쿠아 향은 깃들어 있었습니다."

"아쿠아가 열쇠였나?"

"소금 노트를 연결해야 완성되는 노트입니다."

"어째서? 어째서 우리 모모카가 소금 노트에 반응한단 말인가? 모모카는 장미 향을 가장 좋아하는데?"

"전에는 그랬겠죠."

"전에는?"

"지금은 그녀의 생체가 다른 걸 원하고 있었습니다."

"소금 노트를? 바닷가에서 자라서?"

"그녀에게 병이 있지 않습니까? 그 때문이 아닌가 싶습니다."

"신장병?"

"그 체취에 대입해 보니 소금 노트가 제대로 어울렸습니다."

"신장병이라서 소금 노트? 가만, 그러고 보니 어디선가 들어본 말이 아닌가? 잠깐, 잠깐만."

츠바사가 핸드폰을 들었다. 누군가에게 통화를 한다. 길지는 않았다.

"맙소사."

통화가 끝나자 무릎을 친다. 답을 얻은 모양이었다.

"내 친구네. 동양의학의 달인이지. 뜸을 잘 놓기로 유명한데 그런 말이 있다는군. 신장에 병이 든 사람은 짠기와 검은색을 좋아하기도 한다. 그게 신장을 상징하는 것이라서⋯⋯."

"⋯⋯."

"그래서 모모카가 검은색을 좋아했고 당신은 그것까지 염두에 두고 조향을 했다?"

꾸벅.

강토의 답이었다. 잡다한 말 대신 예의로 갈음을 했다.

"씨 솔트 노트⋯⋯."

츠바사가 블로터를 집었다. 소금물에 빠진 장미가 떠올랐다. 소금은 강토고 장미는 츠바사 자신이었다. 꽃잎이 완전히 절어 버렸다. 딱 그런 기분이었다.

"로베르토 박사님."

츠바사가 로베르토를 바라보았다.

"예, 선생님."

"루카트 회장에게 제 말을 전해 주십시오."

"⋯⋯?"

"츠바사는 이번 향수 개발에 참가하지 않는다. 대신 한국의 닥터 시그니처를 추천한다."

"선생님."

전격 선언에 로베르토가 반색을 했다. 스타니슬라스의 표정이 밝아진 것은 물론이었다. 심난한 것은 모모카뿐이었다. 그녀는 츠바사의 기대를 저버렸다고 생각하는 모양이었다.

하지만.

츠바사는 그녀를 탓하지 않았다. 오히려 손을 잡아 줌으로써 그녀를 안심시켰다.

"닥터 시그니처."

츠바사가 강토에게 다가왔다.

"선생님."

"깨끗이 인정하네."

"아닙니다. 사실 선생님의 장미 향수는 굉장했습니다. 만약 모모카를 위한 시그니처가 아니라면 제가 공감을 끌어내지 못했을 겁니다."

"자세까지 훌륭하군."

"고맙습니다."

"승복의 기념으로 내 장미 향수를 한 병 주겠네. 받아 주겠나?"

"당연히요, 그런데 저는 사실 5일 숙성 위스키의 스킬이 더 궁금합니다."

"이유는?"

"향수의 고속 숙성에 매칭이 될 것 같아서요. 저는 상관없지만 고객들 중에는 마음이 급한 분들이 많거든요. 그때 유용할 것 같습니다."

"오, 그렇겠군. 따라오시게."

츠바사가 조향실로 걸었다.

창가 테이블 위의 덮개를 벗기자 액티베이터가 나왔다.

"액티베이터의 핵심은 온도, 혼합 속도, 그리고 기압이라네. 아, 한 가지 더하면 화학? 그래도 향수에 적용하려면 몇 가지 응용이 필요할 거야."

츠바사가 시범을 보인다. 위스키용 액티베이터였으니 그 방법에 따랐다. 레시피에 증류주, 오크 통 조각들, 마지막으로 액티베이터 작동 후에 3—5일 정도 숙성.

레시피는 각각의 노트 비율이다. 증류주는 알코올이다. 오크 통 조각은 각 향료에 해당된다. 유용한 것을 알았다. 향수의 경우라면 하루나 이틀만 숙성을 시켜도 고객의 이해가 빠를 것 같았다.

"고맙습니다."

강토가 웃었다. 요긴한 걸 배운 것이다.

"표정이 너무 솔직하군. 그렇게 좋나?"

"예, 좋은 향수를 만드는 데 도움이 되는 것이라면……."

"괴물이군. 지금도 위험한데 앞으로 더 위험한 인물이 되겠어."

"괴물까지는……."

"뭐, 다른 건 없나? 한번 둘러보시게."

츠바사가 조향실을 가리켰다. 구석의 분재들이 시선에 들어왔다. 특이하게도 화산석에 심은 분재들이었다.

"……?"

순간, 화산석의 냄새가 강토를 잡아당겼다.

"그게 마음에 드나?"

츠바사가 물었다.

"그게 아니라……."

강토가 후각을 다듬는다. 그 냄새였다. 니가타에 내렸을 때, 그리고 해변에서 느꼈던 그 냄새 분자…….

"선생님."

"왜?"

"이건 사적인 의견인데……."

"말해 보시게."

"이 근처에서 좋지 않은 냄새가 납니다."

"뭔가 타는 듯한 냄새 말이군?"

"예."

"그게 얼마 전부터 나오는 이야기인데… 석유 저장 탱크에 균열이 갔다, 석유 운반선이 가스를 몰래 배출했다, 혹은 청조 현상의 후유증이다 얘기가 분분하네. 하지만 현청 분석으로는 대기에 포함된 물질들이라 큰 문제는 아닌 것 같다고 하더군."

"제 생각에는 이 돌의 냄새와 기원이 같습니다."

"화산석?"

"예."

"닥터 시그니처."

츠바사의 얼굴이 하얗게 질렸다. 화산석과 같은 냄새라면 지진의 조짐이었다.

"이 냄새, 선생님도 느끼시죠?"

"그렇긴 하네만 지진은……"

"공항에서 맡은 것보다 더 진해지고 있습니다. 지진 전문가는 아니지만 냄새 분자의 활성으로 보아 그냥 넘길 수준은 아닌 것 같습니다."

"진짜 지진의 전조라면 그쪽 전문가들이 대책을 세우고 있겠지."

"……"

"향수 얘기나 하세. 내가 놀랄 일들이 많이 있을 거 같은데?"

"놀랄 일은 아니지만… 선생님과의 인연은 이전에 이미 있었더군요."

"나하고?"

"상하이의 추진진 말입니다."

"차이나 억만장자의 딸이자 신진 사업가?"

"예."

"나는 그 여자와 별 재미를 못 봤네. 아무리 순한 향도 다 알레르기 발적으로 돋아 버리는 바람에 말이야. 말로는 병당 억이라도 쏘겠다는데 피부가 그 모양이니… 피부가 나은 후에 보자고 했지."

"그럼 그분 SNS도 아시겠군요?"

"그야……."

"한번 보시겠습니까?"

강토가 권하자 츠바사가 핸드폰을 꺼냈다.

"읔?"

화면을 본 츠바사의 눈이 휘둥그레졌다. 사진 때문이었다. 향수가 올라와 있었다. 강토가 만든 그 향이었다.

「추진진의 인생 향수」

제목과 글이 눈을 차고 들어왔다. 마침내 그녀도 부작용이 없는 향수를 찾았다는 내용이었다.

"설마?"

츠바사가 강토를 돌아보았다.

"예, 제가 만들었습니다."

"닥터 시그니처가?"

대답 대신 고개를 숙여 보였다. 츠바사는 추진진의 SNS와 강토를 돌아보느라 정신이 없었다.

"그런데 왜 이 얘기를 하지 않았나?"

"아무런 선입견 없이 선생님의 판단을 받고 싶어서요."

"선입견 없이?"

"예."

"미친, 이거 진짜 괴물이 나타났군. 이쯤 되면 양보가 아니라 실력으로 털린 거야."

츠바사가 혀를 내둘렀다. 기꺼운 인정이었다.

"고맙습니다. 선생님의 배포 큰 양보……."

로베르토가 츠바사에게 감사를 전했다.

"제가 고맙죠. 아시아에서는 제가 최고인 줄 알았는데 앞으로 정신 바짝 차리게 되었습니다."

츠바사가 답했다. 그도 꽉 막힌 쫄보는 아니었다.

차 앞으로 나왔다.

기분 나쁜 냄새는 조금 더 진해져 있었다.

"언제 한번 한국으로 찾아가겠네."

츠바사의 작별 인사였다.

"암 치료가 먼저인데……."

강토가 고개를 들었다. 냄새 때문이었다. 규칙적으로 나는 게 아니라 끊어졌다 이어졌다 하고 있다. 죽은 냄새가 아니었다.

"죄송하지만 냄새 말입니다. 위험한 느낌이 듭니다. 빠른 시간 내에 체크해 보시죠?"

"후각의 천재께서 말하니 현청의 지인에게 다시 한번 말해보지."

"그럼 완치를 빕니다. 새로운 향수 작품에 대한 기대도요."

그 말을 끝으로 강토도 차에 올랐다.

로베르토와 스타니슬라스는 공항까지 함께 갔다.

공항에 내리자 냄새 분자가 더 사납게 느껴졌다.

"두 분, 언제 돌아가시죠?"

"내일 아침 비행 편이네만."

스타니슬라스가 답했다.

"죄송하지만 그 스케줄 변경하시죠? 제가 볼 때는 서둘러 이곳을 떠나는 게 좋겠습니다."

"왜 그러시나?"

"냄새 말입니다. 지금 이 냄새……."

"냄새라… 으음……."

두 박사도 후각의 날을 세웠다.

"암석 타는 냄새가 있는 것 같기도 하고……."

"가능하면 다음 비행 편으로라도 떠나는 게 좋을 것 같습니다."

"지진, 아니면 쓰나미인가?"

"잘은 모르겠습니다. 하지만 굉장히 불안정합니다. 그러니……."

"알아보죠. 잘 돌아가시고 자동차 향수도 잘 준비해 주세요. 곧 BMW 루카트 회장 편에서 연락이 갈 겁니다."

로베르토가 손을 내밀었다.

"믿어 주셔서 감사합니다."

"믿지 않았으면 큰일 날 뻔했습니다."

"그럼……."

두 박사와 악수를 나누고 사케 한 병을 샀다. 할아버지를 위한 선물이었다. 그런 다음에야 비행기에 올랐다.

이륙하기 무섭게 바다부터 내려다보았다. 눈발은 완전히 그쳤다. 흰 눈에 잠긴 대지 사이로 푸르게 펼쳐진 해안은 평온 그 자체였다. 그러나 이 평온은 오래가지 않았다.

제6장
—
폭풍 뒤의 낭보

"닥터 시그니처."

입국장을 나오자 귀에 익은 목소리가 들려왔다.

서나연 기자였다.

"어, 누구 유명한 사람이 귀국하나요?"

강토가 물었다.

"지금 귀국하고 있잖아요?"

"저요?"

"그럼요? 소스 받고 왔어요."

"소스라뇨?"

"스타니슬라스 박사님."

"박사님?"

"엊그제 출국하실 때 제가 인터뷰를 했거든요. 닥터 시그니처도 만난다길래 촉이 왔죠. 그래서 MOU 맺었더니 아까 전화를 하셨더라고요."

"무슨 MOU를?"

"닥터 시그니처의 정보를 공유하기로 했거든요."

"제가 무슨 유명인이라고 MOU씩이나……."

"잘 모르나 본데, 이미 웬만한 연예인보다 낫거든요."

"알았어요. 그런데 어떤 소스를 주시던가요?"

"닥터 시그니처가 일본의 대표 조향사 츠바사와의 담판에서 이겼다."

"표현이 과격한데요?"

"좋아서 그렇죠. 그러니까 내 마음대로 쓰기 전에 협조하세요."

"그래야겠군요. 마음대로 써서 츠바사 선생님을 곡해하면 안 되니까."

"그렇죠? 우리는 역시 통한다니까요."

서나연과 함께 지하의 커피점으로 향했다. 거긴 입출국장보다 한적했다.

"귀국 환영의 뜻으로 커피는 제가 쏘죠."

커피까지 받아 온다.

"황송한데요?"

"그럼 시작해 볼까요? 왜 가신 거예요? 박사님 말로는 굉장한 건이라고 하던데?"

"그건 아직 결정되지 않았으니까 질러 가지 마시고요, 에피소드는 말해 드릴게요. 다만 너무 국뽕 쪽으로 쓰지는 말아 주세요. 서로의 향수 세계가 만난 것뿐이니까요."

"와, 표현 봐라. 약속하죠."

"츠바사 선생님……."

강토가 에피소드를 전해 주었다. 츠바사의 향수 세계를 알고 싶어 갔지만 과연 심오했던 것. 결국 그의 체취로 질병을 맞히자 열린 대문. 그 안에서 만난 장미만으로 만든 상상 불허의 향수. 강토가 만들어 준 모모카만를 위한 씨 솔트 향수……."

"아쉽다. 내가 현장에 있어야 했는데……."

서나연이 넋을 놓는다.

"그럼 이제 갈까요?"

"알았어요. 대신 아직 미결정이라는 그 소스, 결정되면 저한테 제일 먼저 알려 주셔야 해요."

"그러죠."

강토가 일어섰다. 짧은 여정이지만 그래도 남의 나라를 다녀온 것. 살짝 피로가 몰려오기에 귀가를 서둘렀다.

집으로 돌아와 샤워를 했다.

할아버지와 사케로 축배를 들었다. 일이 잘된 것 같다고 하니 샤워하는 동안에 술상을 차린 할아버지였다.

"상하이 일정이 나왔다."

할아버지가 핸드폰을 보여 주었다. 곽파오에게서 온 전송이었다.

"으음, 우리 할아버지 이제 세계적인 화가가 되시네?"

"그래 봤자 우리 손자만 하겠냐?"

"에? 저는 아직 멀었어요."

"하루에 충실한 사람은 성공도 한순간이야. 내가 보기에 너는 이미 궤도에 들어섰다."

"으음, 사케 한 병에 너무 녹으신 거 아니에요?"

"아무튼 이제 마음가짐을 제대로 갖거라. 슬슬 구체적인 그림을 그리는 게 좋아."

"꿈은 클수록 좋다?"

"그래. 그 꿈의 바탕을 갖춘 사람이라면."

"그럼 세계 최고의 향료 회사들 다 사 버리고 한국에다 세계 최고의 조향 학교를 세울까요? 유럽 중심의 조향을 한국으로 가져오는 거죠."

"네 나이라면 그 정도 꿈은 꿔야지."

"그때까지 저 도와주실 거죠?"

"벌써부터 바빠서 보기 힘든 날이 많다만 술 사 오면 안주는 만들어 주마, 언제든."

"알았어요. 기억해 둘게요."

사케가 내려가자 위장이 알딸딸해졌다. 살짝 취기가 오른다. 이럴 때는 꿀잠이 필요했다.

'BMW 최고급 신종 세단의 향수…….'

생각만으로도 마음이 풍성해졌다.

그리고 츠바사…….

그를 알게 된 것도 마음을 뿌듯하게 만들었다.

니가타…….

별일은 없어야 할 텐데…….

작은 소망을 품고 잠이 들었다.

이른 새벽, 전화가 들어왔다. 막 일어나려던 강토가 손을 뻗어 핸드폰을 잡았다.

"닥터 시그니처."

지구 저편의 메리언이었다.

"메리언?"

─한국은 굿모닝인가요?

메리언의 영어가 달콤했다.

"맞아요. 잘 있죠?"

─지금 일어난 거죠?

"그럼요."

─알았어요. 만약 비몽사몽이면 곤란하니까요.

"좋은 소식이 있군요?"

―네, 영상통화 하고 싶어요.

"으음, 그러면 내가 불리한데?"

재빨리 일어나 옷부터 걸쳤다. 급할 때는 꼭 바지가 속을 썩인다. 한쪽 발이 바지 끝에 걸리면서 한 발로 동동거리다 겨우 바지 목을 통과했다.

"됐습니다."

티셔츠는 절반쯤 걸치며 영상통화를 시작했다.

―자다 깬 모습이 섹시한데요?

"놀리면 영상통화 끝냅니다?"

―알았어요.

쪽.

그녀의 키스가 날아왔다.

I miss you so much.

핸드폰 속에는 그녀가 보낸 문자가 쌓여 있다. 그녀처럼 강토도 그녀가 그리울 때가 많았다.

―이제 맞혀 보세요. 내가 왜 아침부터 전화했는지.

"헤이든. 당신의 스승."

―와우.

"허락이 떨어졌군요?"

―맞아요. 조금 전에야 전화가 왔어요. 가을 신상 때문에 정신이 없어 제가 보낸 당신 향수를 이제야 시향 했다는 거

예요.

"뭐라시던가요?"

―그렇잖아도 뭔가 전환점을 찾고 계셨대요. 그동안은 재질과 음악, 조명이었는데 이제는 향수… 당신의 향을 맡는 순간, 머리에 불이 번쩍 들어왔다네요.

"다행이군요. 당신 체면을 지켜 줄 수 있어서."

―베티와 태홍, 현아 등에 대한 파격도 좋다고 하셔요. 다만 향수를 네 가지 주제로 나눠서 만들어 주면 좋겠다고 하시네요.

"우주의 향을 만들어 달라고만 하는 게 아니면 문제없습니다."

―으음… 우주의 향기도 포함되어 있는데?

"메리언."

―조크 아니에요. 헤이든은 르네상스 분위기를 시작으로 현대와 우주, AI의 향수까지 원하고 있어요. 이번 무대에서 매너리즘을 버리고 거듭나고 싶다네요.

"정말입니까?"

―그래서 제가 전화드린 거예요. 헤이든이 여기까지 질러갈 줄은 몰랐어요. 하지만 이건 그분이 당신 역량을 믿고 있다는 뜻이기도 해요. 굉장히 기대하는 눈치예요.

"메리언."

―네?

"내가 GG 선언할까 봐 겁나요?"

─솔직히 말하면… 헤이든의 상상이 시공을 넘나들 줄은 몰랐기에…….

"시공…….."

강토가 그 단어를 곱씹는다. 강토에게는 아주 특별한 단어기 때문이었다.

─너무 부담스러우면 제가 헤이든과 조율을 해 볼게요.

"아뇨, 너무 멋진 주제라서요."

─닥터 시그니처?

"메리언이 애써 주었는데 실망시킬 수는 없죠. 르네상스든, 우주든, AI 시대의 향이든 한번 도전해 보겠습니다. 가능할 거 같아요."

─와우.

화면 속에서 메리언의 키스가 미친 듯이 난사된다. 그녀는 좋아 어쩔 줄을 몰랐다.

─대신 이 패션쇼의 수익금은 당신, 저, 그리고 헤이든이 똑같이 나누겠대요. 그분에게는 스폰서가 많으니 실망스럽지 않을 거예요. 물론 저도 제 스폰서들 전부 동원할 거고요.

"그럼 제가 너무 미안한데요?"

─절대 아니죠. 당신은 이 패션쇼에 보이지 않는 의상으로 참여하는 거니까요. 그게 얼마나 어려운 일인지 아세요?

"멋진 표현이군요."

─그럼 다음에 봐요. 저는 헤이든에게 소식을 전해야겠어요.

쪽.

마무리 키스와 함께 그녀가 화면에서 사라졌다.

셀린느의 레전드 패션 디자이너 헤이든.

조향으로 치면 장 폴 겔랑이나 조 말론에 비견되는 SSS급이다.

그런 사람의 디자인 인생 종결 편에 강토가 참가한다.

향수라는 '패션'으로.

와우.

강토도 와우였다. 후끈 달아오르는 성취감과 함께 세로토닌이 흘러넘치는 아침이었다.

*   *   *

"……?"

하우스에 가까워졌을 때 강토가 시선을 가다듬었다.

메리언의 낭보를 듣고 집을 나섰다. 아직 이른 아침이라 상미와 다인이 나올 시간은 아니었다. 거기 서 있는 사람은 태홍이었다. 향낭을 코에 대고 삼매경에 빠져 있다.

이 녀석.

아침부터 무슨 도라도 깨우친 걸까?

"선생님."

강토의 방개차를 보더니 고라니처럼 잘도 뛰어온다.

"아침부터 웬일이냐?"

"저 이 향 다 알아낸 거 같아요."

향낭부터 내민다.

짐작대로였다. 강토에게는 별것 아니지만 태홍은 도를 깨우친 것과 같았다. 그게 바로 향수의 마력이었다. 잘 모르던 향이 구분되었을 때, 그 기분이란 정말…….

"이거, 이거, 그리고 이거요."

안으로 데려와 향낭 속에 넣은 재료들을 보여 주었다. 태홍은 기다렸다는 듯이 재료를 골라냈다.

카시아, 핑크 페퍼, 그리고 샤프란이었다.

향신료 안에 슬쩍 끼워 넣은 노트를 구분한 것이다.

"대단한데?"

"저, 다 맞힌 거예요?"

"그래. 이번에는 100점이다."

"앗싸."

태홍이 홀쩍 뛰어 오른다. 짧은 순간이지만 세상의 모든 것을 가진 얼굴이었다.

"그리고 선생님."

"응?"

"저 방금 베티에게 전화받았어요. 메리언의 초대가 임박한 것 같다고요."

"그래?"

"선생님도 가신다면서요?"

"그래."

"화아……."

태홍의 정신 줄이 절반쯤 풀린다. 메리언의 전화를 받은 베티가 태홍에게 전화를 건 모양이었다.

"베티랑 통화, 문제없냐?"

슬쩍 영어 문제를 짚어 주었다. 태홍이 영어를 거의 못 하기 때문이었다.

"저 영어도 배워요. 선생님처럼 잘하지는 못하지만 간단한 말은 이제 문제없어요. 그러니 don't worry about me."

"……."

강토가 두 손을 들었다. 향 공부에 워킹 연습, 그것만 해도 벅찰 판에 영어까지 추가되었다. 그럼에도 힘든 기색도 없다. 열정이라는 에너지의 힘이 뭔지 제대로 보여 주는 태홍이었다.

"저, 새로운 과제 부탁드려요."

이제는 넉살까지 좋아졌다. 어두워 보이던 표정들이 사라진 것이다.

이런 녀석이라면.

기꺼이 도와야지.

태홍에게는 좋은 아침.

거기에 맞춰 화이트 플라워군의 향 여섯을 풀어낸 즉석 향수를 건네주었다.

"이번에는 향수네요?"

태홍의 얼굴이 백합처럼 환하게 펴졌다. 이건 비밀인데, 이 여섯 향료 안에는 백합도 있었다.

"그래. 잘하고 있어서 특별히 주는 거야."

"감사합니다."

향수를 받아 들고 뛰어나간다. 그러다 저만치에서 멈춰 문자를 찍는다. 안 봐도 알 수 있다. 저 문자는 베티에게 날아간다. 베티와 태홍, 생각만 해도 기분이 좋아지는 아이들이었다.

그사이에 알람빅에 들어갈 꽃이 배달되었다.

금목서다.

상미의 센스가 돋보인다.

오늘 같은 날에 딱 맞는 주제였다. 내친김에 알람빅에 넣었다. 그 전에 상처 난 꽃은 제대로 골라냈다. 서비스로 주는 즉석 향수라고 함부로 만들지 않는다. 강토의 철칙이었다.

알람빅의 구조를 따라 향이 풍기기 시작한다.

그때 상미가 출근을 했다.

"뭐야? 내가 할 일을 대표님이 왜?"

상미가 울상이 되었다.

"좀 일찍 오는 바람에… 어제 별일 없었지?"

"우린 별일 없는데 어제 돌아와서 다행이야."

상미가 안도의 숨을 쉬었다.

"왜?"

"아침뉴스 검색 안 했어?"

"뉴스?"

"일본 말이야. 지난밤에 지진이 나서 아비규환이 되었대."

"뭐야? 설마 니가타?"

"응, 대표님이 다녀온 그 니가타."

"……?"

넋을 놓는 사이에 상미가 벽의 텔레비전을 틀었다. 채널을 돌리자 뉴스가 쏟아졌다.

─속보입니다. 지난밤 일본 니가타현을 강타한 진도 7.1의 강진 피해가 속속 드러나고 있습니다. 다행히 쓰나미급 해일은 발생하지 않았지만 니가타 현청 소재지와 해변 마을들의 피해가 큰 것으로 알려지고 있습니다. 일본 당국은 즉시 비상 체제를 선포하고 행정력을 총동원해 니가타 현의 피해 복구에…….

'맙소사.'

강토가 휘청 흔들렸다. 화면에 보이는 곳, 츠바사의 집이 가까운 해변이었다. 주변의 해안도로가 무너지면서 엉망이 되었다. 그 화면이 현청 소재지로 옮겨 간다. 곳곳에 무너진 건물들이 보인다.

'억.'

화면 속을 주목하던 입에서 비명이 나왔다. 소방대원과 경찰들이 북새통을 이룬 한 건물. 허리가 꺾이며 붕괴된 그 건물은 로베르토와 스타니슬라스가 묵고 있던 그 호텔이었다.

*　　　　*　　　　*

스타니슬라스.
그 번호를 눌렀다.
신호가 가지 않았다.

　.

몇 번을 눌러도 연결되지 않았다.
'스타니슬라스 박사님…….'
강토 몸에서 기운이 빠져나갔다.
"왜?"
불안을 느낀 상미가 또 물었다. 조금 늦게 출근한 다인도 바짝 긴장하고 있었다.
한 번 더.
두 번 더…….
재발신을 누르는 손가락이 부질없었다.
이번에는 로베르토의 번호를 눌렀다.
그 역시 신호가 가지 않는다.
맥이 탁 풀렸다.

"대표님."

상미가 물을 가져왔다. 그걸 받아 마시면서도 제정신이 아니었다. 호텔은 무너졌고 소방대원과 경찰들은 구조하느라 정신이 없었다.

미치겠네.

진짜 돌아가실 것 같았다. 먹살이라도 잡아끌어 스케줄을 당겨 줬어야 했다. 뭔가 불길함을 느끼고도 혼자 날아온 강토. 그때 더 강력하게 말하지 못한 게 후회스러웠다.

뉴스에서는 급보가 이어진다.

호텔 사망자도 나왔다. 외국인 네 명이 숨지고 20여 명이 중경상으로 이송되었다. 다음 화면은 여진과 해일 소식이었다. 쓰나미까지는 아니지만 5m에 달하는 높은 파도가 니가타의 해안을 몰아치고 있었다.

츠바사?

다른 이름이 떠올랐다. 그의 열두 살 연하 연인 모모카는?

'이런……'

다시 전화를 걸었다. 츠바사였다. 그 역시 통화가 되지 않았다.

뚜뚜뚜우뚜…….

신호만 길다. 전원이 꺼진 건지, 아니면 전화선까지 박살이 난 건지 알 수 없었다.

"대표님……."

상미 안색도 하얗게 변했다.

"스타니슬라스 박사님과 로베르토 박사님이 거기 남으셨거든. 냄새가 불길하다고 스케줄을 당기라고는 했는데 숙박하시던 호텔이……."

설명하는 강토 어깨가 떨렸다.

"어떡해?"

상미와 다인이 바로 울음을 터뜨린다. 특히나 상미의 눈물이 굵었다. 저 먼 그라스에서 그녀를 환대했던 스타니슬라스였다. 유럽 유학 올 생각 말고 강토를 잡으라고, 가장 현실적이며 그러나 가장 훌륭한 길을 알려 준 스타니슬라스…….

"오사카에 아빠 친구가 있어. 호텔 투숙객 중에서 사망자와 부상자 명단 좀 알아볼게."

다인이 알아서 움직였다.

그때 강토 핸드폰이 울렸다.

"츠바사 선생님."

강토가 비명처럼 전화를 받았다.

—닥터 시그니처?

"괜찮으십니까?"

—덕분에, 자네는?

"저는 잘 돌아왔습니다."

—다행이군. 혹시라도 관광차 남았나 걱정하던 참이었네.

"다친 곳은 없습니까?"

—자네 조언 덕분에, 우리 마을 사람들은 다행히 미리 대피를 했거든.

"네?"

—자네가 한 말이 걸리더군. 신들린 후각이 헛소리를 할 리 없잖은가? 해서 신경을 쓰고 있었는데 지진 발생 한 시간 전에 찜찜한 냄새가 심해지는 거야. 해서 마을 사람들을 데리고 대피를 했지. 다행히 내가 나름 인정받는 조향사이다 보니 마을 사람들이 믿고 따라 줘서 인명 피해는 없네.

"다행이군요."

—다 닥터 시그니처 덕분이네. 자네 아니면 정말 큰일 날 뻔했어. 해안가 집들이 몇 채 쓸려 나갔거든.

"그런데……"

—왜 그러시나?

"스타니슬라스 박사님과 로베르토 박사님이……"

—그분들이 왜?

"뉴스를 보니까 호텔이 무너졌더군요. 두 분이 묵고 있던 호텔입니다."

—맙소사.

츠바사도 비명을 터뜨렸다. 마을은 구했지만 그 둘은 구하지 못한 것이다.

—알았네. 내가 한번 가 보겠네.

"위험하지 않습니까?"

—여진이 있지만 크지는 않네. 도로가 통제되고 있기는 한데 현청과 경찰서에 아는 사람이 많으니 갈 수 있을 거야. 확인한 후에 연락하겠네.

"그럼 부탁합니다."

통화가 끝났다.

츠바사와 모모카는 무사했다. 희소식이었지만 그걸 알고 나니 스타니슬라스와 로베르토의 안부가 더 궁금해졌다.

뉴스는 계속 이어졌다. 조금 전에도 진도 4.2를 넘는 여진이 있어 구조에 애를 먹는다는 소식이었다. 그나마 날이 밝아 온 것이 희망이라는 말도 나왔다.

다인이 라벤더 향을 피워 주었다. 상미와 강토에 대한 위로였다. 조향실로 들어왔지만 일이 손에 잡히지 않았다.

스타니슬라스.

돌아보면 블랑쉬 다음으로 중요한 사람이었다. 그라스에서 본 이후로 강토의 든든한 우군이 되었기 때문이었다. 아네모네에서 인턴을 할 때도, 뉴욕의 향수 발표회 때도, 심지어는 이번 일본행까지 그의 신뢰가 끼친 영향은 막강했다.

츠바사에게서 받아 온 장미 향수를 꺼냈다.

장미종만으로 만든 신박한 향수.

스타니슬라스와의 첫 만남 또한 장미가 매개체였다. 시향지를 적셔 보지만 빛나는 장미 향이 잘 느껴지지 않았다.

침울은 오감을 떨어뜨린다.

꼬르륵.

이 상황에도 위장은 공복의 신호를 보낸다. 위장 잘못은 아니었다. 인체가 그렇게 세팅되었을 뿐.

"가서 점심 먹고 와."

상미와 다인을 먼저 내보냈다. 그들도 식사 생각이 없다고 했지만 등을 밀었다.

오후에는 좀 쉬어야겠어.

그렇게 생각할 때였다. 조향 오르간 옆에 둔 핸드폰 화면에 불이 들어왔다. 그걸 돌아보는 순간, 강토 표정이 햇살처럼 밝아졌다.

스타니슬라스였다.

"박사님."

목이 터지도록 소리를 질렀다.

—닥터 시그니처?

"어디세요? 무사하세요?"

—무슨 소리신가? 나 지금 막 파리에 내리는 참인데… 비행기모드로 한다는 게 그만 무음 상태로 가방 속에 두었던 핸드폰에 닥터 시그니처의 전화가 여러 통 들어왔길래.

"아악."

강토가 또 비명을 질렀다. 이건 희망에 빛나는 비명이었다. 스타니슬라스의 불어가 그렇게 반가울 수가 없었다.

—닥터 시그니처?

"죄송합니다. 그러니까 박사님은 지금 일본이 아니시라는 거죠?"

―그렇네. 자네가 그렇게 강권하는데야 남을 수 있나? 자네 비행기가 뜬 후에 바로 항공사 카운터로 가서 체크를 했다네. 다행히 자리가 있다길래 스케줄을 바꿨지?

"로베르토 박사님은요?"

―도쿄로 같이 갔네. 미국행 비행기는 나보다 40분 먼저 탔고.

"와우."

―닥터 시그니처.

"죄송합니다. 실은 박사님이 하늘을 나는 동안 니가타에 강진이 있었습니다. 박사님이 묵었던 호텔이 무너졌다고요."

―뭐야?

"그래서 걱정이 되어 전화했었습니다. 이제 안심이 됩니다."

―맙소사, 결국 자네의 후각이 맞았던 거로군?

"예."

―그럼 츠바사는?

"츠바사 선생님도 마을 사람들과 미리 대피를 해서 다행히 인명 피해는 없으시답니다."

―천운이로군.

"아무튼 다행입니다. 박사님 걱정 많이 했거든요."

―자네가 내 목숨을 살렸군? 로베르토 박사도.

"아닙니다. 이제 편안하게 댁으로 돌아가십시오."

전화를 끊었다.

문을 잠그고 근처의 식당가로 뛰었다. 작은 도로에 서서 둘의 체취를 쫓았다. 둘은 바로 강토의 후각 레이더에 잡혔다.

"대표님."

강토가 빈 의자에 앉자 상미가 돌아보았다.

"나도 갑자기 배가 고파져서."

강토가 웃었다.

"스타니슬라스 박사님 소식 왔구나?"

눈치 빠른 상미가 물었다.

"응, 다행히 나 떠난 후에 바로 귀국 비행기 타셔서 무사하시대."

"꺄오."

상미와 다인이 미친 환호성을 터뜨렸다.

"죄송합니다."

주변 사람들이 눈총을 주자 강토가 수습을 했다. 츠바사의 전화가 온 건 그때였다.

─미안하네. 최선을 다했지만 아직은 확인이 안 돼. 다만 사망자 중에는 없는 게 확실해.

"선생님, 괜찮습니다. 방금 박사님에게 연락이 왔는데 스케줄 당기셔서 본국으로 돌아가셨답니다."

─정말인가?

"네, 방금 통화를 했습니다."

—로베르토 박사님은?

"그분도요."

—이야.

츠바사의 환호 소리가 들렸다.

식사가 나왔다. 강토가 젓가락을 들었다. 이제는 100인분이라도 해치울 수 있을 것 같았다.

하우스의 분위기는 오후와 함께 반전됐다.

오전에 미루어 두었던 예약도 진도가 잘 나갔고 조향 작업도 순조로웠다. 이날의 마지막 업무는 중국 왕러훙런 펑수앙의 방문이었다. 왕러훙런은 왕훙으로 불리는 중국 유명 인플루언서다. 향수와 립스틱 등의 세계 명품을 소개하는 펑수앙은 무려 1억 구독자를 자랑하고 있었다.

그녀는 한국 화장품 회사의 거액 뒷광고 요청을 거절한 이력으로도 잘 알려져 있었다. 그녀는 뒷광고나 후원은 받지 않는다. 그녀 자신의 마음이 끌리는 제품만 방송에 소개하는 것이다.

강토의 향수에 꽂힌 건 추진진 때문이었다. 그렇다고 추진진과 지인 사이도 아니다. 다만 추진진이 향수를 뿌릴 수 없다는 사실은 알고 있었다.

추진진의 노력도 몇 가지 꿰고 있었다. 이를테면 그녀가 향수를 뿌려 보려고 세계적인 조향사들을 찾아다녔다는 것. 그 모든 노력이 다 실패했다는 것.

그런 그녀의 SNS에 향수 하나가 올라왔다. 네임드가 아니라 시그니처였다. 평수앙은 그 조향사가 궁금했다. 그래서 한국에 나오는 길에 스케줄을 꾸렸고 하우스의 수락을 받았다.

그렇다고 오만하지는 않았다. 그녀는 그냥 수수한 여자였고 향수에 대한 관심이 깊을 뿐이었다.

그 깊이는 강토를 놀라게 만들었다. 웬만한 조향사는 뺨을 칠 정도였다.

그녀를 위해 향수 테이블을 차려 주었다.

강토가 만든 향수 세 가지와 추진진의 시그니처였다. 강토의 허락을 받은 그녀는 하우스에서 바로 방송을 시작했다.

그 테이블에 열여섯 개의 미니 케이크를 꺼내 놓는다.

"대표님."

상미가 강토 옆구리를 건드렸다. 강토는 이미 지켜보고 있었다. 미니 케이크와 향수. 조금 낯선 배합이지만 이질적이지는 않았다.

"안녕하세요? 저 평수앙, 오늘은 여의주가 드러나기 시작하는 한국의 향수 천재 닥터 시그니처의 조향 하우스를 생방송으로 습격 중입니다."

멘트가 통통거린다. 사람을 대할 때와는 달랐다. 도발적이면서도 생동감이 넘치는 것이다.

"제 멘트에 주목해 주세요. 향수 천재라고 했거든요. 그럼 왜 천재일까요? 그걸 체크하려면 먼저 상하이의 지배자 추젠화의 딸 추진진을 짚고 가야 합니다."

펑수앙이 추진진의 사진을 카메라 앞에 내민다.

"아시는 분은 아시지만 이 여자분, 안티 퍼퓨머입니다. 자의가 아니라 타의인데 피부가 너무 예민해서 뿌리기만 하면 오성홍기보다 더 붉은 발진이 흐르르……"

퍼포먼스도 빠르다. 어느새 오성홍기 손수건을 손목에 둘렀다가 풀고 있었다.

"일설에 의하면 유럽과 아시아의 유명 조향사들을 다 찾아다녔다는데 그 눈물 나는 노력에도 불구하고 향수는 그림의 떡, 또 일설에 의하면 최고가 향수인 Clive Christian's Imperial Majesty를 선물로 받았지만 그것 또한 그림의 떡… 그런 그녀가 최근에 마침내 향수 애호가 반열에 들어 마릴린 먼로처럼 향수만 입고 잘 거라는 정보를 얻었습니다. 그 향수의 조향사가 바로 한국의 닥터 시그니처이니 가히 천재라는 호칭을 주어야 하지 않을까요?"

펑수앙의 화법이 빨라진다.

"얼마 전 향수 편에서 네임드들 싹쓸이 소개를 하는 바람에 저도 관심이 없었는데 이건 좀 레벨이 다르더군요. 해서 긴급 출동으로 맛을 보려고 합니다."

맛.

시향이 아니라 맛이었다.

그 말은 방송상의 표현이 아니었다. 강토 향수를 잡더니 한 향수당 네 개의 미니 케이크에 뿌려 버린 것이다.

"흐음, 일단 풍미는 제대로인데요?"

두 손을 턴 그녀가 시식을 시작했다. 한 입을 먹고는 흐음, 호흡을 들이켜고, 감은 눈을 굴리며 음미, 또 음미…….

"요게 바로 추진진을 향수의 세계로 이끈 향이라는데요? 특별히 조금 더 뿌려 봅니다."

치잇치잇.

추진진의 시그니처가 추가되었다.

"으음… 재스민인데 굉장히 순수하네요. 꼬릿한 냄새는 아예 없고 순진의 결정이라고 할까요? 그래서 치명적인 주목성까지 갖춘 향수. 누군가에게는 평범할 수 있지만 그 자신에게는 유니크한 진짜배기 시그니처. 이게 바로 포인트인데 이건 향수를 주문한 그 자신의 시크릿 넘버와도 같아서 그 고객에게만 통한다고 하네요. 아무튼 추진진, 축하해요."

"대표님."

노트북 화면을 보던 상미가 강토를 불렀다. 화면에 불이 난 것이다. 반응은 그야말로 폭발적이었다. 중국어는 물론, 영어에 한국어 반응도 보인다. 그녀가 왜 중국 최고의 왕홍인지 알 것 같았다.

그 반응은 곧 하우스로 이어졌다. 어떻게 알았는지 강토네

매장 전화로 불똥이 튄 것이다.

"오늘 협조 고맙습니다."

펑수앙은 한국말 인사를 전하고 물러갔다. 향수를 좀 달라느니, 비행기값을 달라느니 하는 추잡한 짓은 일절 없었다. 그 또한 특급 왕훙다운 품격이었다.

"오늘 근무는 여기서 쫑?"

예약 전화에 시달리는 상미에게 강토가 말했다.

"그래야겠어."

상미가 전화선을 뽑았다.

그러자 이제는 강토 핸드폰이 울렸다.

"대표님 전번까지 털린 거야?"

상미가 울상을 지었지만.

"아니, 로베르토 박사님."

국가번호를 확인한 강토가 전화를 받았다.

"박사님."

—닥터 시그니처.

로베르토의 목소리가 확 올라간다.

—스타니슬라스 박사님과 통화했습니다. 덕분에 사고를 면했습니다. 뉴스를 보니 우리가 묵었던 호텔이 붕괴되었더군요.

"다행입니다."

—그 신세는 나중에 따로 갚겠습니다.

"아닙니다. 제 말을 믿어 주셔서 고마울 뿐입니다. 츠바사 선생님도 무사하시더군요."

─거기도 통화를 했습니다. 닥터 시그니처 덕분에 마을 사람 전체가 사고를 피했다더군요.

"다 하늘이 보살핀 덕분이죠."

─그건 그렇고 제가 지금 누구랑 같이 있는 줄 아십니까?

"글쎄요, 설마 스타니슬라스 박사님은 아닐 테고……."

─BMW의 루카트 회장님입니다. 방금 아시아 쪽 조향사를 당신으로 결정한다는 최종 결재가 떨어졌습니다.

"……?"

*　　　　　*　　　　　*

"로베르토 박사님."

─솔직히 처음에는 긴가민가하시더군요. 하지만 제 말을 믿기로 하셨습니다.

"감사합니다."

─아뇨. 제 보람이죠. 저도 굉장히 뿌듯하거든요.

"박사님……."

─곧 한국 지사장이 찾아갈 겁니다. 제가 스케줄을 바꾸는 바람에 시간이 빡빡해졌거든요.

"저 때문이군요?"

―디테일한 계약조건은 한국 지사장이 따로 설명하겠지만 대략적인 것은 제가 말한 것과 같습니다. 계약금은 아마 10%를 드리지 않을까 싶은데 향수가 결정될 때까지는 대외비로 해 주셔야 할 겁니다.

"그거야 기본이죠."

―유럽의 조향사로 레이먼드가 결정되어 있습니다. 혹시 그 사람을 아시나요?

"레이먼드… 유럽 조향사의 미래로 불리는 분 아닙니까?"

―아시는군요. 그의 출발이 빠른 까닭에 조금 불리할 수도 있겠지만 두 분 모두에게 좋은 기회가 될 겁니다.

"최선을 다하겠습니다."

―그래 주세요. 레이먼드에게도 당신의 이름이 통보될 겁니다. 그러나 심사는 엄정하게 블라인드 처리 될 것이니 우려하지 않으셔도 됩니다.

"네."

―그럼 저는 좀 쉬어야겠네요. 다음에 또 뵙겠습니다.

로베르토의 전화가 끊겼다.

"……"

강토는 잠시 정적에 휩싸였다.

너무 짜릿하면 세상이 잠시 정지가 된다.

"대표님……."

그걸 본 상미가 걱정스레 웅얼거렸다. 향료를 정리하던 다인도 다가온다.

"와우."

그 순간에 돌연 주먹을 쥐는 강토였다.

"대표님?"

"고급 세단 향수 개발 당첨."

강토가 소리쳤다.

"정말?"

"그래. 곧 그쪽 한국 지사장이 찾아올 거래."

"와아."

상미와 다인이 몸서리를 친다. 돈의 액수나 규모가 중요한 게 아니었다. 강토의 인지도가 훌쩍 올라가는 일이었으니 닥치고 좋았다.

"유럽 조향사는 누구래?"

"레이먼드."

"우홧."

상미와 다인이 휘청거린다. 지보단으로 스카우트될 때 백지수표에 연봉 12억을 써넣었다는 유럽의 천재였다. 상대의 지명도도 놀랍지만 그런 사람과 강토의 향수가 나란히 대접받는다는 사실이 더 뿌듯하기만 했다.

"우린 뭐 준비할까?"

상미 마음이 급하게 질러 간다.

"일단 간단하게 자축 차 한잔? 기왕이면 아이리스 향수 한 방울 추가해 주면 땡큐고."

"장미는 어때?"

"그러면 재스민이 섭섭하지."

상미와 다인이 추가 옵션을 건다. 아이리스는 강토의 상징이다. 상미가 장미를 언급한 건 향수에서 빼놓을 수 없기 때문인데 다인이 말한 재스민 역시 비슷한 선상이었다.

"좋아. 세 방울 다 넣고 마시자."

강토가 두 콜을 다 받아 주었다.

아이리스와 장미, 그리고 재스민을 더하면 어떤 향이 날까?

온도가 뜨거우면 가장 강한 향이 먼저 느껴진다. 하지만 상관없었다. 강토네가 마시는 건 희망이었다. 그 안에 든 향수가 문제 될 리 없었다.

중국발 전화가 잠잠해질 무렵 BMW의 한국 지사장이 찾아왔다. 그는 한국 사람이었다.

"본사 특명을 받고 왔습니다."

그는 몹시 정중했다.

예약 상담실로 안내했다. 그가 계약서를 꺼내 놓았다. 큰 그림은 로베르토의 말과 같았다. 차량 모델은 롤스로이스의 혁신판이었다. 그렇다면 회사는 롤스로이스(Lolls—Loyse)다. 하지만 BMW다. 그들이 롤스로이스를 인수했기 때문이었다. 인수 과정은 복잡하다. 하지만 강토가 알 필요는 없었다.

새로운 조항은 예약 주문을 받아 출시하는 첫 모델 100대였다. 차량에는 채택자의 향수 포뮬러를 적용한 차량 향수가 장착되지만 이들 고객에게는 차량에 장착되는 향수를 한 병씩 특별 기증 한다. 누구든 채택이 되면 $100ml$ 100병의 향수를 직접 만들어야 하는 것이다. 이 비용은 롤스로이스 측에서 따로 부담하지만 100병 분량의 향료를 염두에 두어야 했다.

만에 하나, 두 사람의 향수가 다 부적합해도 10억과 3억은 지불한다. 그 향수의 권리는 역시 롤스로이스가 갖는다.

다른 디테일은 향료의 조달이었다. 만약 포뮬러에 희귀한 향료를 써서 똑같은 향료를 구할 수 없게 된다면 그와 유사한 향료를 써도 좋다는 조항이 딸렸다.

그것 외에는 어떤 옵션도 없었다.

"어떻습니까?"

검토를 끝내자 지사장이 물었다.

"문제없습니다만 요청 사항이 있습니다."

"말씀하시죠."

"신모델에 들어가는 실내 재료들 말입니다. 예를 들면 시트라든가 대시보드, 시프트 레버 말입니다. 냄새를 맡을 수 있게 한 조각씩 보내 주시면 됩니다. 또… 제가 필요할 때 한국 전시장에서 롤스로이스 차량을 볼 수 있게 해 주시고요."

"문제없습니다. 그렇게 요청해 드리죠. 그럼……."

확인이 끝나자 지사장이 빳빳한 5만 원권으로 1억을 꺼내 놓았다.

"본사 회장님 스타일이십니다. 큰 계약에 드리는 계약금은 언제나 그 나라 현금으로 쏘시죠."

"네……."

현금…….

기분이 괜찮았다. 통장에 숫자로 찍히는 것보다는.

"4월 말에 샘플을 주셔야 하고, 그로부터 6개월 후에 향수를 인도하셔야 합니다. 만약 어길 시에는 계약금의 두 배를 물어내셔야 합니다. 이의 있습니까?"

"없습니다."

"제 역할은 여기까지입니다."

요점을 짚어 준 지사장이 자리에서 일어섰다.

1억 현금.

향수만큼은 아니지만 오감이 짜릿했다.

레이먼드.

지보단의 미래라고 불리던 실력파다. 츠바사하고는 또 급이 달랐다. 발 빠른 상미가 그의 자료를 찾아 왔지만 크게 개의치 않았다. 이름값으로 싸운다면 이미 패배한 것과 같은 강토였다.

하지만 향수라면 달랐다.

유럽이 별건가?

강토 안의 블랑쉬는 그 한때, 그라스의 위엄이자 상징이었다.

레이먼드보다 소재가 급했다.

가죽 향과 나무 향.

강토의 방향은 변하지 않았다.

레더와 우디다.

우디라면 블랑쉬의 보석 중에도 여럿이 있었다. 오우드와 시더우드, 샌들우드가 그렇고 유향과 몰약도 같은 범주였다. 레더는 기존 향료를 쓰거나 재조합으로 만들 수도 있었다. 가죽과 우디, 타바코를 잘 조합하면 강토만의 레더 노트가 가능했다.

가만히 오르간을 바라본다.

향료들이 저마다 손을 내민다.

―나야, 나.

―나를 당신의 향수에 써 줘.

그중에서 큐어와 스웨이드를 찜한다. 큐어는 인조가죽이다. 스웨이드는 송아지, 새끼 양과 같은 동물 새끼의 가죽으로 만든 노트다. 한국에서는 스웨이드보다 '세무'라는 말이 더 익숙하다. 세무 점퍼, 세무 가방…….

가죽 향조의 향수라면 영국이 막강하다. 플로리스의 No.89나 펜할리건스가 그쪽 계열이다. No.89는 제임스 본스가 애용하는 것으로도 잘 알려져 있다.

레더 향을 살리는 향수들은 대개 비슷한 구성을 가진다. 베르가모트에 제라늄, 베티버와 머스크, 그리고 우드 계열이다.

상상 스케치가 시작된다.

흰색 감귤과 베르가모트가 톱 노트 자리를 두고 경합을 벌인다. 레더 역시 몇 가지 향료를 다 동원한다. 샌들우드와 머스크도 넣는다. 유향으로 마무리를 해 보지만 고개가 기울어진다.

싱겁다.

누구나 할 수 있는 조합이어서가 아니었다. 같은 향료라고 같은 향수가 나오는 게 아니다. 최고의 조향사는 같은 향료로 다른 퀄리티의 향수를 뽑아낸다. 향조를 살리고 못 살리고의 차이 때문이었으니 그게 바로 조향 능력이었다.

서두르지는 않았다.

향수는 책임량을 맞춰야 하는 수량 본위의 작업이 아니다.

이럴 때는 향에 취해 본다. 기존에 만들어진 네임드 향수들의 혼합도 재미나다. 명품 향수 10여 개를 골라 같은 블로터에 뿌린다. 텐 레이어링이다. 무슨 향이 될까? 겹치고 또 겹친 향에서 새로운 느낌을 만나는 것도 행복한 시간이었다.

그렇게 숨을 돌릴 때 반가운 전화가 들어왔다.

—헤이, 닥터 시그니처.

준서였다. 목소리가 밝았다.

"형, 어디야?"

—전에 보았던 내 가게. 나 대략 복구했다. 시간 나면 한번

와 줄래? 초콜릿도 좀 만들었는데 평가해 주면 더 좋고.

준서.

결국 알코올의 마수와 번민에서 벗어난 모양이었다.

그렇다면 먹어 드려야지.

"오케이, 0.1초 안으로 튀어 갈게."

강토의 답이었다. 세단 향수는 시분초를 다투지 않는다. 사람이 우선이니 준서가 영순위였다.

＊　　　＊　　　＊

"우왓!"

가게에 들어서기 무섭게 세 개의 감탄사가 튀어나왔다. 강토와 상미, 그리고 다인의 목소리였다.

그때 그 가게였다.

강토는 세 번째 놀란다.

한 번은 너무 괜찮아서 놀라고 또 한 번은 폐허가 되어서 놀랐던 그 가게……

지금은 처음 보았던 상태로 거의 복원되어 있었다.

하지만.

오늘 놀란 건 깨끗해진 풍경 때문이 아니었다.

준서가 피워 낸 초콜릿 꽃 때문이었다.

창가의 테이블에는 온갖 꽃이 만발해 있었다. 노란 국화에서 붉은 장미, 수선화와 카라, 그리고 모란… 그곳에는 질 좋은 앱솔루트에서 풍기는 풍성한 정원의 향기가 만발하고 있었다.

"이게 다 초콜릿이야?"

다인의 넋이 풀렸다.

"너는 초콜릿만 보이냐?"

"응, 나는 초콜릿만 보여."

다인은 뻔뻔스럽다. 준서의 질문이 뜻하는 게 뭔지 알지만 그냥 패싱해 버린다.

"상미, 너도?"

"응, 나도 초콜릿."

상미 역시 변죽으로 받아쳤다.

"닥터 시그니처, 너 애들 어떻게 교육한 거냐?"

화살이 강토에게 돌아왔다.

"형, 우리 실장님들 함부로 대하면 안 돼. 나 저 두 사람 없으면 아무것도 아니야."

강토도 한패가 된다.

"야, 너희들 진짜."

준서가 폭발하자 다인이 수습에 들어갔다.

"오빠, 조크잖아, 조크. 독립했으면 그 정도 여유는 가져야지."

"내 말이……"

상미가 바로 합세한다.

"아, 나도 빨리 알바라도 구하든지 해야지··· 얘들이 은근 따를 시키네?"

"초콜릿 먹어도 돼?"

"그래. 먹어라, 먹어. 초콜릿만 보인다는데 어떻게 말리겠냐?"

"먹자, 허락 떨어졌어."

상미가 하얀 장미를 집어 들었다.

"푸하, 장미 향, 쥐긴닷."

다인은 차마 입에 넣지 못한다. 강토 역시 향부터 먹었다. 모든 초콜릿에 꽃 향을 넣었다. 강토를 위한 무언의 메시지였다.

"형······."

강토가 준서를 바라본다.

준서는 말이 없다. 그저 부처님처럼 미소를 지을 뿐이다. 그 몸에서 알코올 향의 향수가 멀어진다. 농도로 보아 오늘은 뿌리지 않았다는 뜻이었다.

─이제 괜찮구나?

따로 묻지 않았다. 술 냄새가 희미해진 것만 봐도 알 수 있었다.

"공사는 언제 다시 했대?"

강토가 물었다.

"좀 엉성하지? 내가 조금씩 했다."

"형이?"

"누가 그러더라? 번민에는 육체노동이 최고라고. 네가 준 향수 뿌리면서 며칠 땀을 흘렸더니 술 생각 멀어지더라고. 처음에는 몇 군데만 손보고 인테리어 아저씨들 부르려고 했는데 하다 보니 할 만하길래 다 해 버렸어."

"대단하다."

"대단은… 뜯어 보면 개엉망이야. 이것저것 장식물로 가려 놔서 그렇지……."

"그래서 더 매력적인데? 게다가 형도 더 애착이 갈 거 아냐?"

주방에 들어선 강토가 벽을 보며 말했다.

"됐고, 초콜릿 어떠냐?"

"좋은데? 향도 무난하고……."

"실은 너한테만 보여 줄 게 있는데……."

준서가 웨트 그라인더와 틸팅 그라인더 뒤로 돌아갔다. 두 기계는 원래의 입자보다 더 작게 분쇄해 페이스트나 반죽 형태로 만들어 주는 기계였다.

"블라인드 테스트다. 냄새 말이야, 맡아 보고 어떤 게 더 먹고 싶은 냄새인지 평가 좀 해 줘."

"오, 긴장되는데?"

"능력자가 왜 이래?"

준서가 기계 옆의 보자기를 걷자 다른 초콜릿들이 나왔다.
똑같은 모양으로 두 개씩이었다.

"앞쪽 것."

맛을 보기도 전에 답을 말했다. 초콜릿 냄새 정도야 오래
걸릴 것도 없었다.

"진짜?"

"응, 뒤의 것은 뭐랄까, 너무 단순해. 초콜릿 향의 풍미도 덜
하고."

"오케이."

준서가 쾌재를 부른다. 사연이 있는 모양이었다.

"앞의 것은 내가 만든 것."

"……."

"뒤의 것은 그 사람 직영 초콜릿 제과점에서 사 온 것."

그 사람.

그 단어에 악센트가 찍혔다.

"형……?"

강토가 소스라쳤다.

복수.

그 단어가 떠오른 것이다. 그걸 제의한 것도 강토였었다.

"네가 그랬지? 차라리 복수라도 하라고."

"그래서 그분 초콜릿을……?"

"가게 다시 정비하다 보니 엄마 생각이 나더라. 솔직히 엄

마 머릿속의 생각까지 내가 어떻게 하겠냐? 나야 그 사람 안 보면 그만인데 우리 엄마 마음속에는 그 사람이 들어 있잖아? 하루 이틀도 아니었을 거 아냐? 돌아보면 나 낳아서 길러 주신 게 고맙더라. 그래서 차라리 반전으로 가기로 했다."

"반전?"

"그 사람 초콜릿보다 좋은 거 만들어서 엄마한테 들려 보내려고. 당신보다 내가 나아. 무언의 시위이자 자책감 폭발하게. 이거 너무 소심한 복수냐?"

"형⋯⋯."

"마음에 안 드냐?"

"아니, 마음에 들어. 진짜."

"정말?"

"응, 역시 형이다. 사이즈가 달라."

강토가 준서 손을 잡았다.

"고맙다. 네 덕분이야. 너 아니었으면 정말 술에 찌들어 살다 죽을 뻔했다."

"그거 알면 이따금 초콜릿 상납, 알지?"

"오냐. 언제든지 전화만 해라. 나 망하기 전까지는 24시간 보장한다."

"형은 안 망해. 그런 마음으로 만든 초콜릿이 망하면 지구상에서 초콜릿 가게가 없어질 테니까. 하지만 살짝 섭섭한데? 나한테 SOS도 안 치고."

"부탁하고 싶었는데 이건 내 일 같아서. 그냥 내 힘으로 한 번 서 보고 싶었어. 특히 이 일만은."

"형."

강토가 쌍엄지척을 쾌척해 주었다. 엄지가 두 개밖에 없는 게 아쉬울 정도였다.

제7장

—

독특한 오더

"포장은 이거다."

준서가 상자를 꺼내 왔다. 검은 상자 안에 흰 상자가 들었다. 준서 나름의 심오한 뜻을 담은 것으로 보였다.

"뭔가 의미심장한데?"

"시커먼 출생이었지만 하얗게 살아갈 겁니다. 그런 뜻이야. 너네 하우스 '블랑쉬'에서 영감을 얻었다."

"그럼 저작권료 내야지."

"어떻게 지불할까?"

"농담이고, 나 오늘 괜찮은 계약 하나 했는데 형도 뜻있는 날이니까 겸사겸사 맥주나 한잔하자."

"안 그래도 내가 쏠 생각이었다."

"쏘는 건 현금 빵빵하게 받은 내가. 현아도 부를 생각인데? 형도 괜찮지?"

"이제는 괜찮다."

준서가 웃었다. 자괴감으로 현아까지 멀리하던 준서였다. 그래서 의사를 물은 것이다.

"그럼 하우스에 가 있을 테니까 특별 배달 끝나면 전화해."

"오케이."

준서가 콜을 받았다.

"오빠, 파이팅."

상미와 다인도 응원으로 힘을 보탰다.

오는 길에 현아에게 전화를 걸었다. 연예인들은 늘 바쁘다. 그래서 아니면 말고였는데 통화가 되었다.

"현아."

─닥터 시그니처님.

"호칭 불편하다."

─그럼 그냥 오빠라고 불러요?

"그게 좋지."

─웬일로 나한테 전화를 다 주셨어요?

"집단 데이트 신청."

─단독이 아니고요?

"우리 하우스 멤버들하고 준서 형하고 단합 대회 할 건데,

혹시 시간 좀 될까?"

　─그보다 저 오빠에게 부탁 좀 해야 하는데요.

"뭔데?"

　─아이, 씨… 그런데 오빠가 먼저 전화를 해 버렸으니……

"괜찮으니까 말해."

　─좀 어려운 거예요.

"향수?"

　─네.

"그럼 괜찮아. 뭐든지 말해 봐."

　─혹시 오빠… 아, 이런 거 물어보면 예의가 아닐 거 같은데……

"괜찮다니까."

　─알았어요. 그럼… 혹시 좀비 향수도 만들 수 있어요?

"무슨 향수?"

　─좀비……

"좀비 향수?"

강토의 말을 들은 상미와 다인이 눈빛을 들었다.

"뭐야? 농담은 아닐 테고?"

　─당연히 아니죠. 제가 오빠랑 농담 따먹기 하겠어요?

"진심이네?"

　─될까요?

"되지. 그런데 그걸 뭐에 쓰게? 스토커라도 생겼어?"

—그게 아니고… 김재한 감독님이라고 저한테 처음으로 조역 주신 분이 계신데 이분이 쪽박 차게 생겨서요.

"그런데 좀비 향수는 왜?"

　—이분이 개봉할 작품이 좀비 영화거든요. 흔한 좀비 서바이벌이 아니라 휴머니즘을 섞은 실험작이에요. 코로나가 만발할 때 생활이 어려운 배우들 공백기를 메워 주기 위해 메가폰을 잡으셨어요. 시나리오도 거기에 맞춘 거고요. 그런데 경쟁 배급사에서 미국 좀비 블록버스터를 먼저 개봉한다지 뭐예요.

"아, 엠페러 오브 좀비?"

　—오빠도 아네요? 요즘 홍보 엄청 하던데… 감독님 영화가 시나리오와 연기가 알차지만 스케일에서 미국 것과 상대가 안 되다 보니 겨우 40개 얻은 개봉관마저 개봉하자마자 막 내리게 생겼대요.

"현아도 출연했다고 했지?"

　—저는 그냥 보은하는 마음으로 카메오식의 우정 출연이었어요.

"그런데 좀비 향수는 왜?"

　—감독님이 영화평론가며 지인 연예기자들에게 발품 팔고 있는데 반응이 회의적이라네요. 그나마 일부 얻은 스크린이라도 사수하려면 시사회에서라도 뭔가 획기적인 이슈를 생산해야 한다는 거예요.

"시사회장에서 시각과 후각을 동시에 공략한다?"

—어머, 금방 감 잡네요?

"좀비 향수를 원한다면 그거 아니겠어?"

영화 효과를 위한 향수.

이론으로도 배웠다. 강의 시간에 맛을 보여 주길래 히스토리를 다 뒤져 본 강토였다.

역사는 아주 길다.

무성영화 시대로 거슬러 올라간다. 그 후로도 간간이 시도가 되었다. 초기에는 에센스를 적신 리넨을 송풍기를 통해 향을 풍겼다. 이러한 시도들은 센소라마, 아로마나라, 오도라마 등으로 불렸다. 그러다 3M에서 문지르는 카드를 냈고 화면 처리 방식을 통해 4,000개의 향을 풍길 수 있는 방법까지 달려갔다.

본편 영화가 아닌 경우에는 라따뚜이의 예고편이 있었다. 10여 년 전, 라따뚜이는 예고편에 향을 넣어 상영한 기록이 있었다. 당시에는 의자 밑에 조향 시스템을 설치했었다.

—자세한 건 모르지만 감독님 생각은 대략 그러세요. 어차피 1,000만 노리는 것도 아니고 손익분기점이 80만 언저리거든요. 내용은 기존의 좀비 영화와 달리 굉장히 신박하니까 초반에 어떻게든 이슈를 만들면 출연 배우들에게 면목이 설 것 같다고……

"하긴 백화점 향수의 목적도 따지고 보면 그런 선상이긴

하지."

—…….

"현아 생각은?"

—저도 나쁜 생각은 아닌 것 같아서요.

"그런데 뭘 망설여? 설마 나한테 공짜로 해 달라는 건 아닐 거 아냐?"

—당연하죠. 감독님이 메이저랑 맞불 홍보전은 승산이 없다고 많지는 않지만 홍보 예산을 돌릴 수 있다고 했어요.

"언제까지 필요한데?"

—그게… 고민하시느라 시간을 허비하는 바람에 시사회가 2주밖에 안 남았어요. 어제 인사차 들렀더니 그 말을 하잖아요? 저랑 오빠랑 친분이 있는 거 같던데 그런 향수도 가능하냐고…….

"감독님은 어디 사셔?"

—황학동요.

"그럼 모시고 와. 얘기 끝내고 단합 대회 하자."

—지금요?

"아니면 언제겠어? 2주밖에 안 남았다면서? 정석으로 가려면 6개월은 걸리는 일이야."

—알았어요. 제가 모시고 갈게요.

현아는 바로 전화를 끊었다.

"현아 씨?"

통화를 들은 상미가 물었다.

"응."

"그런데 좀비 향수는 뭐야? 그거 만들어 달라는 거야?"

"그렇네? 좀비 영화 시사회에서 BGP로 쓰려나 봐."

"요즘은 잘 안 쓰지 않나? 박람회장 같은 곳은 몰라도……."

"온다고 했으니 만나 보면 알겠지, 진짜 시체 냄새 풍기는 향수를 만들어 분위기를 잡자는 건지 아니면 영화에 몰입되는 향을 만들자는 건지."

강토는 미리 고민하지 않았다.

*   *   *

"오빠."

현아가 하우스에 들어섰다. 40대 후반의 김재한 감독과 함께였다.

"이야, 냄새 좋네?"

김재한이 코를 벌름거린다. 털털한 게 딱 시장통 아저씨 스타일이었다.

"제가 말씀드린 감독님이세요."

현아가 소개하니 서로 명함을 교환했다.

"왠지 잘못 찾아온 거 같은데요?"

감독이 머쓱한 미소를 짓는다.

"왜요?"

강토가 짐짓 물었다.

"빅 스타들 사인이 한둘이 아니네요. 손윤희에 은나래에…
분위기 보니까 아무래도 현아가 레드카펫 나갈 때 필요한 향
수 부탁하러 와야 할 곳 같은데……."

"향수도 여러 가지가 있으니까요."

"그래도……."

"이쪽으로 오시죠."

강토가 조향실을 가리켰다.

"히야."

감독이 또 한 번 놀란다.

"조향 오르간은 처음 보시나요?"

"예, 나 같은 놈은 냄새라야 라면 끓이는 냄새나 베이컨 굽
는 냄새에만 환장하는 편이라……."

"향수 뭐 별거 아닙니다. 에센스 잘 조합하면 좋은 향이 되
고 잘못하면 악취가 되는 거죠. 베이컨 굽는 냄새도 향수에
쓸 수 있습니다."

"아이쿠, 듣자니 뜨는 별이시던데 그런 말씀을……."

"음, 일단 어떤 향수를 원하는지부터 들어 볼까요?"

"진짜 말을 해도 되는 건지……."

"괜찮다니까요."

"그럼 염치를 무릅쓰고……."

시선을 가다듬은 감독이 자신의 구상을 밝혔다.

"사실 좀비 영화 하면 좀 뻔한 구석이 있잖아요? 몰려드는 좀비를 피해 살아남기 서바이벌. 이걸 좀 탈피하기 위해 인연이라는 장치를 했어요. 좀비에게 품격을 부여한 거죠. 그래서 제목도 좀비의 품격이고요."

"좀비의 품격요?"

"하지만 저예산이다 보니 대규모 분장이나 CG는 동원하지 못하고 소수의 좀비에 휴머니즘을 곁들여 승부를 걸었죠. 그런데 미국의 명장으로 불리는 안소니 감독의 블록버스터 좀비 영화 '엠페러 오브 좀비'가 먼저 개봉되면서 계산이 빗나가게 된 겁니다."

"얘기 들었습니다."

"영화판에는 그런 말이 있어요. 개봉 운도 실력이라고. 저 망하는 거야 상관없는데 일부 잡은 스크린마저 빈 좌석으로 끝나면 코로나 전성기 때 온갖 규정 지켜 가며 분투해 준 스태프와 출연진들 볼 낯이 없어서……"

"……"

"해서 좀비가 본격적으로 나오는 씬에서 좀비 향수를 뿌려서 긴장감을 고조시켜 주면 SNS라도 좀 가동될까 해서요. 라따뚜이 예고편에도 그런 방법을 썼다고 들었거든요."

"그런 목적이라면 가능합니다."

"그런데 제 생각은… 시사회 중에 몰래 뿌리는 게 아니라 미리 예고를 하자는 거죠. 어느 시점에서 BGP로 좀비 향수가 나갈 거다. 각오 단단히들 하고 보셔라. 그게 아니면 꼼수라고 비난을 받을 수 있거든요."

'예고?'

강토가 생각을 모았다.

시점까지 예고하고 뿌린다면 정면 승부다.

예고를 했으니 효과도 떨어질 수 있다.

감독은 지금 강토의 능력을 묻고 있었다. 그렇게 해도 네 향수가 효과가 있겠냐고.

"그래도 가능합니까?"

감독의 확인 질문이 들어왔다.

"잠깐만요."

강토가 잠시 질문을 세워 놓았다.

그런 다음 주정을 비커에 부었다. 몇 가지 향료들이 들어간다. 마른 나뭇잎 노트와 이끼, 흙, 버섯과 곰팡이 향료들이었다. 한 번 향을 음미한 후에 흙 향료를 미량 더했다.

톡.

일단 실내등을 껐다.

"맡아 보시죠."

블로터는 생략하고 비커를 통째로 건네주었다.

"……?"

시향을 한 감독 얼굴이 섬뜩해지는 게 보였다.

"이거?"

"좀비 느낌이 나나요?"

"예, 어두운 곳에서 돌연 튀어나온 좀비와 난생처음 만난 기분이네요? 심장은 오싹, 모골은 송연, 스트레스호르몬 코르티솔은 홍수가 나는 것 같은……."

"현아는?"

비커가 현아에게 넘어갔다.

"어머."

현아는 비명부터 터뜨렸다. 냄새를 맡는 순간 차갑고 오싹한 공포가 밀려든 것이다.

톡.

다시 불이 들어왔다.

"다시 맡아 보시죠."

강토가 말하자 감독이 비커를 받았다.

"……!"

긴장하지만 아까보다는 강도가 떨어졌다. 현아도 그랬다.

"잠깐만요."

다시 양해를 구하고 추가 향료를 섞었다. 이번에는 곰팡이 향료가 조금 더 추가되고 산사나무 향료와 Privet 노트를 미량 첨가했다.

살랑.

향료들이 조화를 이룬 후에…….

"다시 맡아 보시죠."

비커를 넘겨주었다.

"윽."

감독의 콧등이 격렬하게 구겨졌다. 머리카락도 사방으로 뻗쳤다. 아까는 느낌이었지만 이번에는 모공이 실제 반응을 한 것이다.

"악."

현아 표정도 오싹하게 변해 버렸다.

"닥터 시그니처……."

감독이 강토를 바라보았다. 두 번의 시향으로 압도된 표정이었다.

"그 정도면 되지 않을까요?"

강토의 답이었다. 두 사람도 좀비 향수임을 알면서 시향 했다. 그럼에도 놀란 것이다.

"이것……."

"처음 향수를 일반형이라고 할까요? 후각은 처음 맡는 향에 더 민감하게 반응하거든요. 생존을 위해서죠. 마른 나뭇잎과 이끼, 버섯과 곰팡이, 흙냄새 노트는 좀비 분위기를 내는 데 딱입니다. 뭔가 음산하면서도 축축하고… 두 번째 향은 적응된 후각을 위해 강도와 방향을 살짝 비튼 겁니다."

강토가 산사나무 향료를 집어 들었다.

"산사나무 노트라는 건데 이 꽃에는 시체가 썩을 때 나는 성분이 있습니다. Privet은 쥐똥나무인데 잘 쓰면 봄 향기처럼 신선하지만 잘못 쓰면 고양이 오줌 냄새가 나죠. 저는 후자를 살려 긴장감을 더 올렸습니다."

"……."

"한 가지 더 보여 드리죠."

강토의 손이 다시 움직였다. 오르간에서 골라낸 건 아밀메르캅탄산과 스카톨, 그리고 인돌이었다. 비커 속에 인돌과 스카톨이 들어갔다.

"이제 시체 썩는 냄새 기분이 제대로 들 겁니다."

강토가 비커를 밀어 놓았다.

"……."

시향을 한 감독 표정이 굳어 버렸다. 정말 그랬다. 조금 전 향에서는 느낌만 왔다. 하지만 이번 향은 그 강도가 더 처절해졌다.

"클라리 세이지나 동물 향료에 용연향을 섞으면 야만성을 곁들일 수도 있죠."

"……."

"제가 보여 드릴 것은 다 보여 줬네요. 선택은 감독님의 몫입니다."

"허어……."

감독이 혀를 내두른다.

"신세계로군요. 이런 건 영화 속에서나 가능한 걸로 알았는데… 그런데 용연향 같은 것은 굉장히 고가가 아닙니까? 죄송하지만 예산은 다 털어야 천만 원뿐입니다."

"합성향료로 나온 것도 있고 여러 향료를 섞어 만들 수도 있으니 염려 않으셔도 됩니다."

"그렇다면 두 가지를 만들어 줄 수 있을까요? 시사회는 두 번입니다. 초반부와 클라이맥스에서 한 번씩 쓸 수 있으면 좋겠네요. 조금 전과 같은 향이면 굉장히 좋을 거 같습니다."

"혹시 감독님 영화 말입니다. 해피 엔딩인가요?"

"결말은 그렇죠."

"그렇다면 세 가지가 좋을 것 같습니다."

"세 가지?"

"마무리 향 말입니다. 달달한 만다린과 망고에 따뜻함과 행복을 안겨 주는 제라늄 앤드 치자 노트의 매칭. 그도 아니면 아세토페논의 단일 노트도 괜찮죠. 어차피 향수 예고라면 엔딩까지 이어 주는 게 관객들의 만족도 제고에 도움이 된다고 생각합니다."

"아까도 말했지만 예산이 천만 원뿐입니다. 닥터 시그니처의 향수는 굉장히 비싸다고 들었습니다."

"천만 원에 맞춰 드리죠. 대신 자막에 저희 하우스와 제 이름을 넣어 주십시오."

"그건 문제없습니다만."

"시사회장에 쓸 향수만큼만 만들겠습니다. 이제 나가셔서 우리 배 실장과 계약서 작성하시면 됩니다. 향수는 시사회 하루 전까지 마쳐 드리죠. 참고하실 사항은 날짜가 촉박해 급숙성을 시켜야 하는 관계로 최상의 향수는 되지 못한다는 겁니다. 방금 시향하신 향보다 조금 더 좋아지는 정도일 겁니다."

"더 좋아지는 겁니까?"

"예. 6개월, 아니, 최소한 3개월만 빨리 오셨더라도 몇 배는 더 좋았을걸요."

"다음 영화 찍을 때 참고하겠습니다. 그때도 향수가 필요하면 꼭 6개월 전에 오도록 하죠."

감독이 일어섰다.

"오빠, 고마워요."

현아가 인사를 잊지 않는다.

"뭘, 나 감독님하고 현아한테 투자한 거야."

강토가 어깨를 으쓱해 보였다. 아델라이드의 후생인가 싶었지만, 스님이 보여 준 전생을 종합하면 먼저 죽은 동생으로 보이는 현아. 이 정도 챙기는 건 일도 아니었다.

준서를 기다리는 동안 플라타너스와 은행나무 마른 잎을 챙겨 와 냄새를 채취했다. 흙도 구해 왔다. 버섯 노트와 모스는 충분했다. 곰팡이는 흰 계열에서 골라냈다. 추가 향료는 인돌에 스카톨, 그리고 애니멀 노트에서 찾았다.

「좀비의 품격」

영화의 제목이다.

뭐를 더하면 좀비 분위기를 제대로 살릴까?

차가운 메탈이 떠올랐다. 오이 노트에서 알데히드를 제거하고 니트릴을 추가하면 메탈릭한 냄새가 또렷해진다. 비슷한 향료를 섞어 보니 과연 그랬다.

내친김에 메틸 머캡탄도 추가.

요건 박테리아 냄새다. 요 냄새 분자는 사람의 후각과 친화성이 있다. 주제가 박테리아다 보니 살짝 공포감도 깃든다. 좀 더 리얼하게 가려면 이끼가 긴 기왓장 냄새를 취하면 될 것 같았다.

「하얀 곰팡이+버섯+흙+나뭇잎+이끼+메탈릭 오이+메틸 머캡탄+인돌+스카톨+애니멀 노트」

좀비 향수의 구성이었다. 행복과 안락감을 주는 치자 노트는 크게 어렵지 않으니 9부 능선은 넘은 셈이었다.

향료 회사에 일부 구매 오더를 내는 것으로 좀비 향수의 구성을 맺었다.

"닥터 시그니처."

마침 준서까지 도착.

그렇잖아도 올 때가 되었다고 생각했는데 아무래도 양반은 못 되는 준서였다.

*　　　*　　　*

"어, 현아도 왔네?"

안으로 들어선 준서가 반색을 했다. 김재한 감독은 계약을 마치고 돌아간 후였다.

"강토 오빠 신세 좀 지러 왔어요."

"으음, 그러고 보니 우리는 민폐족?"

"오빠는 왜요?"

"그런 게 있어. 게다가 나는 초대형 민폐……"

"에이, 그만하고… 어떻게 됐어?"

강토가 대화를 자르며 물었다.

"덕분에."

준서가 어깨를 으쓱해 보인다. 체취가 평안한 걸 보니 무난하게 끝난 모양이었다.

"뭐 할 일 남았어?"

"아니, 내일 해도 돼."

"그럼 가자. 초콜릿만 집어 먹었더니 속이 다 니글거린다."

"오빠, 그럴 때는 나를 불러야지. 초콜릿이라면 먹방도 가능한데."

현아가 준서 팔을 흔들었다.

"그래. 이제부터 자주 부를 테니 그런 줄 알아라. 나도 스타덕 좀 보자."

"그럼 모델료 내."

"내지, 뭐. 초콜릿으로."

"콜, 대신 살은 안 찌는 걸로 부탁."

현아가 분위기를 제대로 맞춘다. 어머니를 통해 준서의 사연을 들은 것이다.

준서 아버지의 일이 궁금하기는 했지만 묻지 않았다. 강토에게 중요한 건 준서였지 그의 아버지가 아니었다.

"그런데 닥터 시그니처 손에서 꿉꿉한 냄새가 나네?"

준서가 강토를 바라보았다.

"이야, 형 후각 이제 제대로네. 이게 바로 저 유명한 좀비 냄새라는 거야."

강토가 손을 들이밀었다.

"야아, 좀비가 어디 있다고……."

준서가 손을 밀어냈다.

"여기 있지."

강토가 현아 등을 밀었다.

"현아가 좀비야?"

"얼마 전에 좀비 영화에 출연했답니다. 그러니 잘 감상하시고요, 저는 좀 씻고 옵니다. 다들 나갈 준비하세요."

강토가 세면대로 달렸다.

준서가 매운 닭갈비를 원하므로 1차는 그곳으로 정했다. 매운맛은 때로 스트레스 해소에 도움이 된다. 맵단맵단의 조화가 괜찮은 집이었다. 흠이라면… MSG가 치사량(?) 수준으로 들어간 것일 뿐.

2차는 현아가 종종 들르는 향기 바였다.

"어머."

바텐더는 강토를 기억하고 있었다.

"개업식 언제 할 거야?"

4차원이라는 타이틀의 향기 칵테일을 받아 놓고 준서에게
물었다.

"돌아오는 금요일. 화환 좀 부탁한다."

"아우, 아주 대놓고 강압을 하네? 뭐 예쁘다고."

상미가 볼멘소리를 냈다.

"야, 한 번 봐주자. 대신 한 번만 더 방황하면 그때는 확."

다인의 주먹이 준서를 겨눈다.

"그래. 좀 봐주라. 나 이제부터 열 초콜릿쟁이로 분투할게."

준서가 아양을 떤다.

향기 칵테일이 술술 넘어갔다. 4차원 칵테일에 들어간 향도
독특했지만 분위기 때문이었다. 강토는 말할 것도 없고 현아
도 새로운 계획과 도전이 많았다. 우선은 메리언의 패션쇼에
참가를 해야 했고 중국 드라마 2탄의 계획도 있었다.

다인은 곧 가의도로 내려가야 한다. 강토가 요청하는 향의
원료를 체취하고 새로운 소재도 발굴할 예정이다. 상미는 하
우스의 살림에 눈코 뜰 새가 없다. 예약이 폭주하다 보니 스
케줄 관리도 쉽지 않았고 향수 자료에 설명, 거기다 국제전화

가 많으니 영어와 중국어도 배워야 했다. 이래서 새로운 직원 보충 이야기도 나오는 판이었다. 상미를 도울 직원이니 쓸 만한 후배 하나 물색하라는 지시를 내리고 있었다.

"와아, 다들 나보다 더 바쁘네요."

현아가 혀를 내두른다.

"그러게. 나 정신 안 차렸으면 큰일 날 뻔했네. 애들이 어마무시한 사람이 되면 나 같은 인간 쳐나 봤겠어?"

준서도 극한 엄살로 보조를 맞춘다.

"당연하지. 우리 대표님 우습게 알면 다 나한테 죽는다."

상미의 눈빛이 상황을 장악한다.

"아오, 그럼 더 비싼 걸로 마셔야겠네. 여기요, 제일 비싼 걸로 한 잔씩 더 주세요."

준서가 바텐더를 불렀다.

"아, 진짜, 너무 무리하면 안 돼. 내일 우리 대표님 중요한 예약 손님 있단 말이야."

상미가 애정 어린 짜증을 냈다.

"중요한 손님 누구? 대통령 영부인이라도 오냐?"

준서가 물었다.

"추진진, 영부인은 아니지만 3억짜리 향수 교정하러 오기로 했단 말이야. VIP도 하나 달고서."

"3억 향수?"

"들어는 봤나? 궁극의 럭셔리 Clive Christian's Imperial

Majesty."

"업."

준서가 잔을 내려놓았다. 초고가 향수 템에서 들어 본 적이 있었다.

"진짜냐?"

준서가 확인에 돌입한다.

"응, 추진진이 가지고 있다네."

"와아."

현아의 입도 벌어진다. 향수 한 병에 3억. 놀라지 않을 사람이 어디 있을까?

"그럼 그만 마셔야겠네."

준서가 잔을 놓았다. 하지만 바로 반전으로 이어갔다.

"…라고 할 줄 알았지? 딱 한 잔씩만 더하고 쫑 치자."

나름 합리적인 제안이었다.

창.

다섯 칵테일 잔이 출렁거릴 정도로 건배를 했다. 준서 일이 풀리니 모두가 즐거웠다. 향기 바의 칵테일, 모든 시름을 데려 갔다. 이렇게 진한 재충전을 마치는 옴니스와 현아였다.

[고맙다.]

돌아가는 길, 대리운전 기사에게 핸들을 맡기고 뒷좌석에 앉은 강토에게 준서의 카톡이 들어왔다.

[내가 고마워. 다시 형으로 돌아와 줘서.]

[우리 엄마 일 궁금하지?]

[당연히, 하지만 천천히 말해도 돼.]

[초콜릿 그 사람에게 전했단다.]

[그래?]

[깜놀하더란다.]

[……]

[초콜릿을 맛보더니 또 깜놀하더래.]

[진짜?]

[그 사람에게 보낸 초콜릿… 그 사람 회사에서 단종된 거였거든. 엄마가 냉동실에 보관해 온 게 있더라. 눈치를 보니 옛날에 받은 거 같은데 그걸로 만들어 달라기에 들어주었어.]

[……?]

[우리 엄마식의 복수였을까? 아무튼 초콜릿처럼 달달하게 품어 오던 연정 한 자락을 그 책상 위에 다 내려놓고 오셨대.]

[…….]

[고맙다. 네 덕분에 공부 많이 했어. 인생도, 초콜릿도, 그리고 식향도…….]

[그럼 이제부터 세계 제패?]

[해야지. 마음도 한 뼘은 넓어진 것 같으니.]

[그래. 가서 꿀잠 자고 내일부터 세계 정복에 나서자.]
[우리 엄마도 고맙다고 전해 달라더라. 잘 들어가라.]

카톡이 끝났다.

신호를 받는 동안 하늘을 보았다. 푸른 하늘에 별빛이 총총 박혀 있다. 강토는 소망했다. 미몽에서 깨어난 준서가 저 별보다 빛나는 초콜릿을 만들어 나가길.

"대표님, 추진진 님 오셨습니다."

상미 목소리가 조향실로 들어왔다. 마침내 그녀의 재림이었다.

"어서 오세요."

마당으로 나가 손님을 맞았다. 옆에는 추진진 또래의 여자가 보였다.

"여기는 고급 유통업을 하는 우춴페이. 저랑은 어릴 때부터 같은 마을에서 자랐어요."

"반가워요."

추진진이 소개하자 여자가 영어 인사를 해 왔다. 그녀에게는 머스크 향이 아련했다. 라이브 커머스이자 사업가다 보니 남성 향조를 선호하는 모양이었다.

"어때?"

안으로 들어선 추진진이 우춴페이의 소감을 물었다.

"분위기 있네."

이때는 중국어다. 추진진이 따로 챙길 사업가라면 작은 규모는 아닐 터. 그래서인지 무게감이 엿보였다.

"제 향수는요?"

차가 나올 때를 참지 못하고 '리얼 킬러'부터 챙긴다. 상미가 숙성실에서 향수를 꺼내 왔다.

"뿌려 봐도 되요?"

"그럼요. 이미 당신 것인걸요."

강토가 뚜껑을 열어 주었다.

치잇.

한 번을 뿌리고 강토를 바라보더니,

치잇.

또 한 번을 뿌린다.

"향 어때?"

추진진이 우쳰페이에게 묻는다.

"뭐야? 정신을 못 차리겠잖아?"

우쳰페이의 긴장이 단숨에 풀려 나간다.

"이거 이제 가져가도 돼요?"

"네, 하지만 더 묵히면 더 좋은 향이 될 겁니다."

"아니에요. 이 정도만 해도 충분해요. 아흐……."

추진진은 몸서리와 함께 향수를 챙겼다.

차가 나왔다. 중국인이라니 피오니 향수를 한 방울 곁들였다. 마침 준서에게서 받은 초콜릿도 꺼내 놓았다. 중국인들의 입맛에는 어떨지 호기심이 인 것이다.

"차향도 너무 좋다."

추진진이 거푸 차를 마신다. 초콜릿도 집어 먹는다. 우천페이도 그랬다. 그런데, 그녀는 초콜릿에 더 손이 많이 갔다.

"우천페이 말이에요. 제가 닥터 시그니처 자랑을 좀 했어요. 마침 한국 투자 건으로 나올 일이 있다길래 의기투합했죠. 향수 비즈니스를 구상한 모양인데 잘 좀 부탁드려요."

"부탁은 제가 해야죠."

"그리고 여기, 그때 말했던 향수요."

추진진이 향수를 꺼냈다. 가죽 주머니 포장을 열자 주변이 환하게 밝아졌다. 속된 말로 자체 발광 향수병이었다.

「궁극의 럭셔리 Clive Christian's Imperial Majesty」

정말이지 다이아몬드를 보는 것만 같았다. 저만치서 바라보는 상미와 다인도 넋을 놓고 있었다.

치잇.

일단 시향을 한다.

향수병에 비해 향은 살짝 실망이다. 가격 대비 그렇다는 뜻이었다.

"잠깐만요."

두 여자를 두고 일어섰다. 숙성실로 들어가 추진진의 땀 냄새 에센스를 찾았다. 그런 다음 향수병의 스프레이 장치를 분리해 땀 냄새 에센스를 미량 적하했다.

땀 냄새 에센스가 향수와 반응을 한다. 향수병을 놓고 한참을 기다렸다. 전도 혼합을 하거나 S자 혼합을 하는 등의 어떤 물리적인 방법도 가하지 않았다. 반응이 어느 정도 진행된후에 다시 냄새를 맡았다.

살짝쿵 아쉽다.

에센스를 미량 더 넣었다.

이제야 안정적이다.

스프레이를 제자리로 돌려놓고.

치잇.

향을 뿜었다.

강토 입가에 미소가 돌았다. 강토가 원하던 화학반응이 일어난 것이다.

치잇.

추진진에게 돌아와 향을 뿌려 주었다. 손목에 두 번이었다. 추진진이 살짝 긴장한다. 희귀템이자 그녀에게는 의미가 깊은 초고가 향수. 과연 자기 것이 되어 줄 것인가?

"떨리네요."

예전 기세답지 않게 소탈하게 말한다. 그렇게 10분쯤 지나자 추진진의 표정이 환하게 펴졌다.

"괜찮은 것 같아요."

확신과 함께 향수병에 키스를 날린다. 오늘 밤부터는 어떤 향수를 뿌릴지 고민 좀 할 것 같았다.

"우췬페이, 내 비즈니스는 끝. 이제 자기 차례야."

추진진이 친구 등을 밀었다.

"추진진에게 들었는데 시그니처에 더불어 니치 향수를 만든다고요?"

그녀의 질문이 시작되었다.

"예."

"단도직입적으로 말씀드리자면 다음 작품전 한번 제게 맡겨 주셨으면 해서요."

"니치를 말입니까?"

"제 라이브 커머스가 인기가 좀 있어요. 향수 빼고는 웬만한 아이템을 다 다뤄 봤죠. 앤티크부터 다이아몬드, 롤스로이스 자동차까지. 롤스로이스를 한 방송에서 38대를 팔아 치운 건 저밖에 없을 거예요."

"예……."

실력은 인정했다. 중국 라이브 커머스들은 다양하다. 우췬페이 정도면 1선급이다. 1선급의 수입은 일 년에 몇백 억에 달하니 자부심을 가질 만했다.

"100㎖ 500병, 준비 기간은 6개월. 가격은 병당 500만 원씩 쳐 드리겠어요. 향 소재는 마음대로 하셔도 되고요."

"여리여리한 일랑일랑을 다뤄도 된다는 거군요? 아주 한국적인 향수라도 문제없고."

"네."

"뜻밖이군요."

"왜죠?"

"당신이 뿌린 향수 말입니다. 머스크 향이라 대륙적이거나 중후한 향수 계열을 원할 줄 알았거든요."

"머스크 향요?"

"아닌가요?"

"전혀, 저는 향수 뿌리는 걸 별로 좋아하지 않아요."

"……?"

우췬페이의 부정에 강토 촉이 곤두섰다.

흠흠.

다시 맡아도 머스크 향이다.

강토가 실수할 리 없었다.

그런데, 후각을 집중해 보니 일반적인 향료와 조금 다르기는 했다. 굉장히 부드럽고 자연스럽다. 그렇다면 이 머스크 향은 인공적으로 뿌린 게 아니라 이 여자의 몸에서 나는 체취?

머스크 향?

머스크 향이 나는 사람?

가능하다.

그러나 질병이다. 일반적인 체취가 아니기 때문이었다.

강토의 후각이 한 번 더 날을 세운다. 머스크의 기원을 찾아간다. 너무 자연스러워 시발점을 찾기 어려운 머스크. 하지만 강토는 결국 그곳을 찾아내고 말았다.

'하아.'

한숨이 앞선다.

여자는 겨우 20대 후반.

믿기지 않지만 후각을 의심할 수는 없었다.

"우쳰페이 사장님."

강토 목소리가 파리하게 변했다.

"죄송하지만 계약이 어려울 것 같습니다."

그런데.

놀랍게도 우쳰페이 역시 날 선 목소리로 그 말을 받아쳐 버렸다.

"저도 취소합니다. 제 제의는 없었던 것으로 하세요."

*　　　　*　　　　*

―계약이 어려울 것 같습니다.

―없었던 것으로 하세요.

화기애애하던 분위기가 갑자기 냉랭하게 변했다.

이렇게 되자 황당한 건 추진진이었다.

"두 사람, 왜 이러세요?"

그녀가 수습에 나섰다.

"……."

"……"

강토와 우췬페이는 따가운 침묵으로 맞섰다.

"닥터 시그니처."

추진진이 강토에게 먼저 이유를 묻는다.

"우췬페이."

뒤 이어 여자도 닦아세운다.

"이 사람, 후각이 뛰어나다며?"

우췬페이의 목소리가 카랑하게 튀어나왔다.

"그래."

"미안하지만 그 말, 믿을 수 없어."

"왜?"

"향수를 뿌리지 않은 나한테 머스크 향내가 난다잖아? 너도 알지? 내가 향수 잘 뿌리지 않는 거. 그런데 이런 사람을 어떻게 믿어?"

"우췬페이… 오면서 혹시 머스크 향수 뿌린 사람 만난 거 아닐까?"

"비행기부터 쭉 너랑 같이 왔는데 무슨 소리야?"

"……"

"뭐, 아무튼 좋은 경험이었어. 나 먼저 나가 있을게."

우췬페이가 가방을 챙겨 일어섰다.

"닥터 시그니처."

추진진이 강도를 돌아본다. 뭐가 뭔지 이해가 되지 않는 것이다.

"우 사장님."

그제야 강토 입이 열렸다. 문고리를 잡던 우췬페이가 돌아보았다.

"제 후각에 대해 믿고 안 믿고는 당신의 자유입니다. 나는 강요할 생각이 없습니다. 하지만 당신의 몸에서 머스크 향이 나는 것만은 사실입니다. 증명해 드리죠."

"증명?"

"이걸 보세요."

강토가 머스크 한 종을 꺼내 놓았다. 그 앱솔루트 미량을 알코올에 풀었다. 그런 다음 세 장의 시향지를 차례로 담갔다.

"추진진."

"네?"

"친구분 몸 말입니다. 죄송하지만 냄새를 한번 맡아 보세요. 진한 향이 아니니까 주의 깊게 말입니다."

"닥처 시그니처."

"딱 한 번만 저를 믿어 주시면 됩니다."

"알았어요."

강토가 진지하니 추진진이 우췬페이의 목덜미로 코를 가져 갔다. 우췬페이의 입에서 허, 하고 웃픈 바람 소리가 터졌다.

"이제 숨결을 씻어 내고 이 향을 맡아 보세요."

강토는 동요하지 않는다. 추진진 앞에 블로터의 바람을 일
으켰다.

살랑, 살랑……

"……."

추진진의 후각이 비교에 들어간다. 몇 번 숨을 고르던 추진
진이 눈을 떴다.

"비슷한 거 같아요."

추진진의 감평이 나왔다.

"추진진."

우췬페이가 바로 눈총을 주었다.

"진짜야. 네 몸에서 나는 향이 이것과 비슷해."

"그렇다면 선천적인 체취겠지."

"비슷하지만 그렇지 않습니다."

듣고 있던 강토가 선을 그었다.

"아니라고요?"

우췬페이가 발끈한다.

"추진진."

강토가 추진진을 바라보며 말을 이었다.

"두 사람은 어릴 때부터 같이 자랐다고 했죠?"

"네."

"우췬페이 님에게 그때도 이런 냄새가 났나요?"

"그건 아닌 것 같아요."

추진진의 확인을 받은 강토가 설명을 시작했다.

"죄송하지만 당신은 질병에 걸렸습니다. 머스크 향은 질병의 신호입니다. 다소 심각하기에 지금은 계약하지 않겠다는 것뿐입니다. 당장 치료를 시작하지 않으면 당신은 저와의 계약을 이행하기 어려울 테니까요."

"질병? 무슨 질병요?"

우천페이의 눈빛이 매워진다.

"이거 한번 보시죠."

강토가 스크랩북을 꺼내 놓았다. SS병원 기사였다. 비글과 함께 찍은 사진도 있고 암을 치료 중인 환자와 같이 찍은 사진도 있었다.

「천재 후각의 쾌거―조기암 진단」

「후각으로 첨단 의학을 뛰어넘다」

"……?"

우천페이가 주춤거렸다. 사업차 한국을 드나드는 그녀였기에 대한민국 병원의 톱이 SS병원인 건 알고 있었다.

"그렇다면 내가 암이라도 걸렸다는 건가요?"

"그게……."

"뭐예요? 자신 있는 척하더니 왜 또 꼬리를 사리는 거죠?"

"당신은 암이 아니라……."

잠시 주저하던 강토가 뒷말을 붙였다.

"파킨슨병으로 보입니다."

"파킨슨?"

우췬페이의 시선이 격하게 튀었다. 예상하던 일이었다. 그렇기에 주저하던 강토였다. 암도 심각하다. 하지만 파킨슨 역시 달가운 질병이 아니었다. 더구나 20대의 청춘이다. 노년에 주로 걸리는 파킨슨병이기에 쉽게 받아들이지 못할 게 당연했다.

"죄송합니다. 하지만 냄새로는……"

"무례한. 나, 2주일 전에 베이징에서 10만 위안짜리 고급 종합검진을 받은 사람이에요. 중국 최고 의료진으로 구성된 진료 팀에게서요."

화가 난 우췬페이가 조향실을 나갔다.

"닥터 시그니처."

추진진도 납득이 어려운 눈치였다.

"아니기만을 바랍니다."

"하지만 파킨슨… 그건 주로 노인들이 걸리는 거잖아요?"

"저도 그렇게 알고 있습니다. 하지만 우 사장님의 체취는 분명……"

"착각 아니에요? 제가 아는 우췬페이는 그런 기미조차 없어요."

"잠깐만요."

추진진의 양해를 구하고 작은아버지에게 전화를 걸었다.

"아……"

거기서 단서를 얻었다.

"그럴 수가 있답니다. 10대와 20대의 파킨슨병, 유전적인 요인이 있다면 말입니다."

"유전적인 요인?"

"원인을 알면 치료가 된다고 하네요. 아직은 체취가 그렇게 사납지 않으니 몇 달을 두고 정기적으로 체크를 해 보시기 바랍니다."

"그러고 보면 우췬페이의 할아버지가? 하지만 경련과 떨림 등은 노인이 되면 대개 나타나는 증상 아닌가요?"

"더는 드릴 말씀이 없습니다."

"알았어요. 우췬페이의 흥분이 가라앉으면 차분하게 말해 볼게요."

"체취가 약한 걸로 보아 한 번에 진단이 안 될 수도 있습니다. 참고해 주세요."

"네."

"질환이 밝혀지면 전해 주세요. 그때부터는 언제든 계약 가능하다고. 계약보다는 건강이 우선이니까요. 향수의 기원도 그렇거든요."

조금은 아까운 계약. 하지만 몰랐으면 몰라도 알고도 넘어갈 수는 없는 일이었다.

"그건 그렇고… 제가 다른 부탁이 하나 있어요."

"그래요? 말씀하시죠."

"실은 제가 이번 연말쯤 결혼을 하려고요."

"앗, 축하드립니다."

"고마워요. 대학 때부터 알던 사람인데 그동안 사업 때문에 좀 소원하게 대했거든요. 그런데 이번에 이 재스민 향수를 인스타에 올리면서 다시 만나게 되었어요. 며칠 전에 상하이 동방명주탑에서 사랑을 고백하길래 받아 주었죠."

"와아, 멋진데요?"

"제 결혼식 때 특별한 향수로 장식하고 싶은데 가능할까요?"

"당연히 가능하죠. 어떤 향수를 원하세요?"

"우선은 저와 제 남편의 향수가 필요하겠죠. 예복보다 멋지게 맞춰 주세요."

"혹시 그분 물건 같은 게 있나요?"

"물건은 왜요?"

"체취가 필요해서요."

"그 사람 물건은 없고 선물받은 게 하나 있어요."

추진진이 가방을 열었다. 조그만 손지갑이 나왔다.

"이거면 됐습니다."

거기 그의 체취가 남아 있었다. 희미하지만 액티브하다.

"두 분 향수는 달과 해가 어떨까요? 동양적인 말로 음과 양의 만남?"

"좋은데요?"

"추진진의 향은 밤에 피는 꽃을 중심으로 만들어 보겠습니다."

강토 손이 오르간으로 향한다. 앱솔루트와 콘센트레이트 등을 선택한다. 작은 비커에 주정을 따르고 향료를 찍었다.

"와아아."

하나씩 시향 하는 추진진, 탄성이 도레미파솔의 차례로 올라간다.

"처음 것은 밤나팔꽃입니다. 향이 좋죠?"

"네."

"두 번째는 초콜릿 플라워입니다. 아마도 초콜릿 향이 났을 겁니다."

"맞아요."

"세 번째는 월하미인인데 그것 말고도 많지요. 재스민과 빅토리아 연꽃, 그리고 우리 한국의 박꽃과 옥잠화 노트도 모두 밤꽃입니다. 은빛 달빛을 보며 판타지를 꿈꾸는 향이지요."

"역시 닥터 시그니처세요."

"남자분 것은 톡톡 튀는 향료로 액티브하게 구성하면 아름답고 재미난 대조가 될 것 같습니다. 두 향은 제 짝꿍 향수처럼 같이 있으면 레이어링 효과까지 나도록 구성해 드리죠."

"당장 보고 싶네요."

"향 스케치가 나오면 보내 드리죠. 아니면 두 분이 같이 오셔서 감상하셔도 되고요."

"알겠어요. 그럼 제 향수에는 또 체취를 받아야 하는 거죠?"

"거기까지 쓸 체취는 남아 있습니다."

"그렇군요. 전 또 발가벗고 뛰어야 하나 했어요."

"하핫, VIP신데 매번 그렇게 할 수는……."

"제가 VIP로군요. 고마워요."

"그럼 식장으로 넘어갈까요?"

"그것도 닥터 시그니처께서 추천해 주세요."

"결혼식장이라면 아무래도 사랑이 넘치는 일랑일랑 같은 향이 좋겠죠. 모두가 취하는 한 편의 판타지? 기혼자는 과거의 첫사랑 시절로 달려가게 하고 미혼자는 결혼하고 싶게 만드는……."

강토가 일랑일랑의 콘센트레이트를 꺼냈다. 다시 주정에 떨구니 매혹적인 향이 피어올랐다.

"좋은데요?"

"이것도 필요하겠죠."

이번에는 재스민 향이었다.

"재스민이군요?"

"맞습니다. 추진진의 시그니처인 데다 커플 향에도 들어가니 더 조화를 이루게 되지요."

"괜찮은데요?"

간단히 시향을 한 추진진이 흡족한 표정을 지었다.

"추진진의 결혼식에 쓸 거라면 코로드 군도의 일랑일랑 중에서도 마요트의 것으로 구해서 만들어 드리겠습니다."

"음, 향수 실력이야 무조건 믿고요, 다만……."

"추가 사항이 있나요?"

"솔직히 말하면 좀 색다른 결혼식에 색다른 답례품을 준비하고 싶어서요. 그래서 향수에 중점을 두는 것인데 막연히 향기 나는 결혼식이 아니라 재미난 방법이 있었으면 해요. 비용은 얼마가 들어도 좋고요."

"재미난 방법이라면?"

"예를 들면 다 같이 느끼는 거요? 향수는 좀 어려울까요?"

"다 같이 느낀다… 흔적도 없이 뿌리지 말고 보여 달라는 건가요?"

"예를 들면요."

"향수를 보여 달라?"

"불가능한 일이면 그냥 디퓨저 같은 것으로 가도 괜찮아요."

"아닙니다. 사실 향수도 상징색이 있거든요. 오리엔탈 노트는 빨강이나 주황 계열, 오크모스와 시프레는 갈색과 노랑, 플로럴과 시트러스는 노랑과 초록 하는 식으로요."

"된다는 건가요?"

"잠깐만 기다려 보세요. 아, 그런데 친구분은 혼자 두어도 괜찮을까요?"

"오래 걸려요?"

"조금은 걸립니다."

"그럼 제가 살짝 토닥여 주고 올게요."

추진진이 돌아섰다.

그사이에 강토의 머리가 돌아갔다.

「향수를 시각적으로 보여 주세요.」

—후각을 시각으로.

어떻게 보여 줄까?

사실 대다수의 천연향료는 엷은 갈색 계열이다. 그러나 상품이 되면 무색도 되고 노랑도 되고 초록도 된다. 주지하다시피 착색제의 효과다. 무색은 탈색제를 먹여 색감을 빼놓는다.

그렇게 착색을 한 디퓨저를 만들어 투명한 용기에 담으면 간단하다. 하지만 너무 간단하다. 그런 정도라면 추진진이 특별히 요청을 할 필요도 없었다.

조향 오르간을 보았다. 그중 하나가 강토 시선을 받았다. 푸른 물방울 그림이 그려진 아쿠아닉 노트였다.

물방울.

'에멀전.'

화학 실험실의 장면들이 스쳐 간다. 에멀전은 두 액체의 성질을 가지고 있다. 물 안에 기름을 섞을 수 있고 기름 안에 물을 섞을 수도 있다. 요 성질을 이용하면 색다른 분위기를 낼 수 있었다.

향수의 원료가 되는 에센셜 오일도 결국은 기름의 성격을 갖춘 화합물이다. 그래서 향수 원료들 간에는 반응이 잘 일어난다. 그래서 수십, 수백 종의 향 원료를 섞어 향수를 만들 수 있는 것이다.

즉, 알코올을 배제하고 만들면 가능하다는 얘기였다.

알코올이 없는 향수.

문제 될 건 없었다. 실제로 초고가의 향수들은 알코올이 아니라 오일을 베이스로 쓰는 경우가 많았다. 가격이 비싸다 보니 만수르 향이라고 부르는 사람도 있다. 하지만 추진진에게는 그 가격이라는 게 문제 되지 않았다.

"차에서 기다린다고 하네요."

구상이 깊어 갈 때 추진진이 돌아왔다.

"그럼 시작할까요?"

강토가 스테인리스 비커를 집었다. 그 안에 정제수를 부었다. 그런 다음 실험용 스푼으로 빠르게 저었다. 물에 공기를 섞는 것이다. 그러자 거품이 생겼다.

거품.

이게 핵심이었다.

*　　　　*　　　　*

"보셨죠? 거품입니다."

"네……."

추진진이 확인을 한다.

거품이 뭐?

그녀는 아직 강토의 의도를 모르고 있었다.

가만히 내려놓고 성분을 바꾸었다. 정제수에 재스민 오일을 더했다. 비율은 1 대 3 정도를 유지했다. 이 상태에서 두 용액은 따로 놀았다. 물과 기름은 섞이지 않는다는 팩트 때문이다.

강토 손이 또 모터처럼 돌았다.

마찰열이 생기자.

팩트가 깨진다. 물과 기름이 섞이기 시작했다.

"여기에 우유와 레시틴을 좀 넣으면……."

첨가를 끝낸 용액이 전동 믹서로 옮겨졌다. 믹싱이 끝난 내용물을 유리 비커에 쏟자,

"어머."

추진진이 소스라쳤다.

안에서 나온 건 거품 재스민 소스(?)였다. 향기도 아까보다 진해졌다.

"향이 진하죠?"

"네……."

"용액이 거품이 되면 표면적이 늘어나기 때문에 분자가 공기 속으로 증발하는 속도가 빨라지거든요. 그래서 향이 좀 진

해집니다."

"……."

"핵심은 향보다 거품이죠. 나중에 넣은 레시틴은 유화제인데 그걸 넣으면 거품 꺼지는 속도가 늦춰집니다. 요게 오일과 물, 양쪽과 다 친하거든요. 화학적 구조를 보면 인산기 부분은 물과 친하고 지방산 결합 부분은 기름과 케미가 좋아요. 일반 향수의 베이스가 되는 에탄올처럼 말입니다. 이게 공기 방울 코팅 역할을 하는데요, 쉽게 말하면 맥주의 거품과 비슷한 원리입니다."

"화학적인 건 잘 모르겠지만 결과물은 마음에 드네요."

추진진의 시선은 거품에 꽂혀 있다. 혹여 다 녹아내릴까 봐 조바심까지 난다. 거품이 주는 매력이었다.

"요 공기 방울들 지름은 약 0.1—1㎜ 정도입니다. 아마 굉장히 만지고 싶거나 입김으로 불고 싶을 거예요. 실제로 불어도 상관이 없죠, 후우."

강토가 입김을 넣었다. 그러자 뭉게뭉게 하던 거품이 환상처럼 날아올랐다.

"와, 멋진데요? 거품으로 날아다니는 향수……."

추진진이 아이처럼 좋아했다.

"일랑일랑과 재스민 향으로 만들어 결혼식장의 포인트마다 설치하면 될 것 같습니다. 용기에 오색 조명을 설치하면 거품들이 무지개처럼 보이겠죠. 일반적인 디퓨저보다 반응이 좋을 겁니다. 게다가 오일을 베이스로 쓰면 향도 오래갈 거고요."

"닥터 시그니처… 딱 제가 생각하던 거예요."

"주문하시겠습니까?"

강토가 물었다. 그 얼굴에는 카리스마마저 깃들어 있었다.

"당연히요. 나중에 다른 이벤트나 행사에도 주문하고 싶어요. 너무너무 마음에 들잖아요."

"감사합니다."

"남편과 제 커플 향수는 답례품으로 쓸 거예요. 각 88ml로 88세트, 세트당 1천만 원. 우리 결혼식에 초대될 VIP들이 대략 88커플이거든요. 가능할까요?"

"잠깐만요."

강토가 추진진의 땀 냄새 에센스를 확인했다. 대략 그 정도까지는 커버가 될 것 같았다.

"가능합니다. 대신 다음번 향수를 주문하실 때는 한 번 더 수고를 하셔야겠어요."

"땀 흘리는 거 말이죠?"

"네."

"문제없어요. 운동도 되고 좋죠, 뭐."

이제 향수라는 새 옷의 맛을 알게 된 그녀. 흔쾌한 표정으로 돌아갔다.

"밤에 피는 꽃과 한낮에 피는 꽃으로 만드는 커플 향수……"

계약을 마친 상미는 넋을 놓고 있었다.

"왜? 배 실장도 결혼하고 싶어?"

강토가 조크를 날렸다.

"됐거든. 난 8억 8천만 원짜리 커플 향 맞출 능력 없어."

8억 8천만 원.

추진진이 선불로 지르고 간 88개의 향수값이었다. 그녀는 뭐든 선금이다. 구차하게 깎는 법도 없다. 그래서 더 매력적이었다.

"배 실장이 결혼하면 공짜로 맞춰 줄게."

"진짜?"

상미가 반색을 한다.

"나는?"

다인이 빠지면 섭섭하다.

"권 실장도 물론이지."

"아, 씨… 준비는 다 됐는데 쿨한 남자가 없냐?"

다인이 볼멘소리를 낸다.

"준비는?"

강토가 다인을 바라보았다. 다인은 다음 주에 가의도로 가야 한다.

"필요한 야생화 씨앗에, 추출 기구와 재료들도 발주했고… 솔직히 가기는 싫지만 대표님하고 배 실장 먹여 살리려면 가야지. 가서 1년간 쓸 원료를 만들어야지."

다인이 투지에 불탄다.

"재배지 추가 매입은?"

"계약 끝났대. 아빠가 좀 깎아서 예산이 10% 정도 세이브 됐나 봐."

"그건 권 사장님 수고비로 드려."

"진짜?"

"그래. 작년에 신세도 많이 졌는데… 올해도 잘 부탁한다고 말씀드리고……."

"그럼 대표님이 직접 말해. 내가 말하면 안 믿을 거야."

"알았어. 내가 이따 한가할 때 전화드릴게."

"원료 들어온 거 체크해 봐. 새로운 거 몇 가지 확보했어."

"그럼 봐야지."

강토가 원료 창고로 걸었다. 베르가모트와 카밀레, 일랑일 랑 향이 저절로 느껴졌다. 합성 향 원료도 다수 확보를 했다. 시그니처는 천연향료 중심이지만 니치는 합성향료가 필요했 다. 이유는 특정인을 위해 만든 시그니처가 결국 니치로 생산 되기 때문이었다. 합성향료가 늘어날 수밖에 없었다.

오우드와 시더우드, 샌들우드의 합성향료도 들어왔다. 블랑 쉬의 보물과는 비교할 수 없지만 그들도 우수했다. 스타니슬 라스 덕분이었다. 작지만 알찬 향을 만들어 내는 향료 회사와 랩을 연결시켜 주었다.

그들 일부는 강토를 시험하기도 했다. 품질이 떨어지는 샘플 향료를 보낸 것이다. 강토가 그걸 정확하게 짚어 내자 대우가 달라졌다. 장난쳐서는 안 되겠다고 생각한 것이다.

마음 같아서는 모든 향료를 가의도에서 자급자족을 하고 싶었다. 하지만 현실은 그렇지 못했다. 그 많은 꽃과 원료를 가의도에서 충당하는 건 불가능했다. 기후와 풍토도 문제도 컸다.

새로 들어온 향료 중에서 이끼 노트와 곰팡이 노트를 취했다. 곰팡이 노트는 흰곰팡이류가 마음에 들었다. 김재한 감독의 좀비 시사회를 위한 향료의 하나였다.

그런데 흙 노트가 부족했다. 파출리와 오리스, 아이리스 노트에도 흙냄새는 있었다. 하지만 그것들로 대용할 수 있는 장소가 아니었다.

기왓장.

고민은 하지 않았다. 다행히 건물 구석에 기왓장이 있었다. 수리를 위해 여벌로 남겨 둔 것들인 모양이었다. 바닥의 기와는 이끼까지 끼었으니 더 안성맞춤이었다.

기왓장 세 개를 들어다 올리브와 유지를 바른 리넨을 감았다. 냄새 추출이 끝난 후에는 제자리에 놓으면 되니 해가 될 것도 없었다.

조향 오르간 앞에 앉아 조향에 돌입한다. 추진진의 오더 메모를 끼워 놓고 김재한 감독의 오더부터 뽑아 놓았다.

—가난한 감독과 재벌 딸.

―예산이 모자라 황송한 표정을 짓던 사람과 자신만만한 여걸.

약삭 빠르게 살려면 후자에 집중하는 게 좋다.

강토는 고개부터 저었다.

그럴 수 없다.

신분이 어떻든, 지위 고하가 어떻든 모두가 강토의 고객이었다.

좀비 향수.

김 감독이 보내 준 사진을 펼쳤다. 여러 좀비가 나오지만 조연 역할의 두 좀비였다. 분장은 기가 막혔다. 블록버스터들은 CG를 쓰지만 그들은 실연이었다.

참담에, 처참, 그리고 공포, 거기에 약간의 연민을 담았다. 재미 삼아 떨궈 본 묽은 우유와 무른 나무의 콜라보가 리얼함을 주었기 때문이었다.

샘플 향들은 학교 후배들의 검증을 거쳤다. 모두 네 명이었는데 다들 오싹했다고 한다. 동시에 약간의 연민이 깃드니 공포치고는 기분 좋은 공포라는 감평이 나왔다.

모두 올해 졸업생들이다. 취업의 기미가 없는 후배들을 골라 용돈과 함께 향수를 접할 기회라도 안겨 주는 강토였다. 물론 다른 이유도 있었다.

이어 조금 더 강한 향 테스트에 들어갔다.

"오싹해요."

"아호, 심멸."

"닭살 돋은 것 좀 봐."

후배들의 반응은 리얼했다. 금이린이 특히 그랬다. 테스트에 응해 준 기념으로 미니어처 하나씩을 안겨 주었다. 무료한 날 기분 전환용으로 쓰라는 조크와 함께.

"좋은 기회 주셔서 감사합니다."

후배들은 합창을 남기고 떠났다.

"대표님."

상미가 다가왔다.

"두 번째 나가는 금이린 어때?"

"찜 끝났어?"

"응, 나하고 권 실장은 마음에 드는데……."

상미가 강토 의견을 물었다. 새 멤버에 대한 이야기다. 직원 선발은 얼마 전부터 대두되고 있었다. 예약이 밀리면서 상미 혼자서는 감당 못 할 수준이 된 것이다. 그나마 겨울에는 나았다. 이제 다인이 가의도로 내려가면 화장실 갈 틈도 없어질 게 뻔했다. 그래서는 상담 서비스의 질이 좋아질 리 없었다.

그래서 상미에게 일임을 해 두고 있었으니 오늘의 알바는 비밀 면접의 목적도 숨어 있었다.

그렇다고 조향사가 필요한 건 아니었다. 고객 관리와 향수 추천, 기타 소소하게 향수 레이어링과 상담을 해 줄 사람이 필요했다.

"그럼 채용해."

강토는 두말하지 않았다.

"정말?"

"응, 배 실장이 데리고 있을 사람이잖아?"

"이유 불문하고?"

"배 실장이 고른 사람이면 오죽하겠어? 게다가 권 실장까지 공감이라면⋯⋯."

"우리 대표님, 화끈하네?"

"괜찮으면 내일이라도 불러."

"면접도 안 볼 거야?"

"두 번 봤잖아? 체취가 착한 걸 보니 향수하고 잘 어울리는 거 같아. 우리보다 더 좋은 데로 가면 좋겠지만 배 실장이 찜한 거 보면 그런 예정은 없는 모양이고⋯⋯."

강토가 웃었다. 다른 학생들은 처음이지만 금이린은 두 번째 불려 왔다. 상미 마음에 들지 않았다면 다시 부를 리가 없었다.

"실은 금이린도 후각이 보통밖에 안 돼. 그래서 그 흔한 면접 한 번 못 보러 갔다고 하더라고."

"그게 이유였어?"

"아니, 일 시키면서 이것저것 물어봤더니 향수에 대한 열정이 굉장해. 우리 공방에서 부르면 올래 하고 물었더니 그럼 너무 좋아서 기절할지도 모른다고 하더라고. 나 그때 찐 심쿵

했어."

"왜?"

왜?

그 이유를 강토가 모를 리 없다. 그럼에도 물어보는 건 상미의 기분을 방해하고 싶지 않아서였다.

"하나는 내 생각 나서. 또 하나는 그래도 우리 공방이 그 정도 위상은 되는구나 싶어서……."

"위상은 배 실장하고 권 실장이 도와준 덕분이지."

"쳇, 안 띄워도 되거든요? 우린 대표님하고 일할 수 있어서 너무 행복해. 주제넘게 연봉도 6천이나 되어서 너무 많이 받고 있기는 하지만."

"많지 않거든. 머잖아 1억까지는 맞춰 줄 거야."

"아니, 권 실장하고 얘기했는데 우린 연봉 여기서 더 내려도 좋아. 이렇게 존중받으면서 일할 수만 있다면……."

"아이고, 잘하면 울겠다. 그럴 시간 있으면 금이린에게 전화나 해라. 기왕 기쁘게 할 거면 조금 더 일찍 기쁘게 하자."

"나 진짜 전화한다. 걔 바로 달려올지도 몰라?"

"그럼 오늘부터 일하는 거지 뭐."

"대표님……."

"그럼 저는 향수 만들러 들어갑니다."

꾸벅 인사를 하고 조향실 문을 열었다.

취업.

변함없이 어렵다.

그런 차에 한 명이라도 구제할 수 있다니 조금은 뿌듯했다.

그렇게 보면 김재한 감독도 대단한 사람이었다. 코로사 전성기, 다들 몸을 사리던 시기에 사비를 들여 영화를 찍었다. 가난한 배우들에게 밥벌이를 시키고 공백 기간을 줄여 주기 위해서였다.

그가 입금시킨 천만 원.

넓은 극장 안에 2회 동안 분사할 향수의 양은 만만치 않았다. 게다가 엔딩 때의 해피한 향도 약속을 했다. 좀비 향수라는 유니크한 아이템을 고려하면 남는 것도 없었다.

어려운 취업 환경 때문일까? 기분이 멜랑꼴리해지면서 조금 더 도와주고 싶었다.

좀비 향수.

후각을 통한 좀비의 입체화였다.

향수로 좀비에 대한 체감도를 높이는 것이다.

그렇다면 그 반대는 어떨까?

시사회에 나올 조연급 좀비들. 그들을 투명 인간처럼 만드는 좀비. 잘하면 시사회에 참가한 관객들에게 진짜 인상적인 경험을 줄 수 있었다.

일단 김재한 감독의 의견부터 물었다. 그의 시사회였으니 강토 마음대로 정할 수 없었다.

—황공할 뿐입니다.

그의 찬성이 나왔다.

크게 어려울 건 없었다. 이 레시피는 이미 강토 대뇌에 장착되어 있었다. 블랑쉬의 경험치였다. 그는 착취자 알랑 클레멘트로부터의 자유를 꿈꿨다. 그렇기에 프랑스를 떠날 생각이었다. 그 과정에서 주목받기를 원하지 않았다. 그래서 만든 게 무관심의 향수였다.

인간의 땀과 체취, 시큼한 치즈와 식초가 필요했다. 체취는 메마르고 건조한 노인의 것, 그중에서도 은은한 여자의 것이 좋았다. 인사동 근처에 노인은 많지만 여자는 흔하지 않았다. 옆 식당 찬모분의 도움을 받았다. 성품 자체도 온화해서 딱이었다.

테스트 향이 나오자 바로 실험을 했다. 상미와 다인의 곁에 가도 느끼지 못하는 적이 많았다. 상점이나 지하철을 타도 그랬다. 이 향수는 사람을 자극하지 않았다. 어느 정도인가 하면, 편의점에서 물건을 산 후에 계산대 앞에 서도 알바들이 느끼지 못하는 것이다. 그들이 강토를 느끼는 건 눈으로 보는 경우뿐이었다.

백문이 불여일견이라니 김 감독을 불러 시향을 시켰다.

"믿기지 않는군요."

그가 혀를 내둘렀다. 모두의 무관심을 받는 향. 시사회에서 관객들에게 깊은 인상을 줄 수 있는 또 하나의 아이템이었다.

"좀비 배우들에게 소식을 전해야겠어요. 굉장히 좋아할 겁니다."

　김 감독은 들뜬 구상과 함께 하우스를 나갔다.

　이것으로 좀비 향수 시리즈가 완성되었다.

　남은 건 개봉 박두의 시사회뿐이었다.

　김 감독을 돕기 위해 만든 좀비 향수. 그게 폭풍 반향을 불러올 줄은 이때까지도 상상하지 못했다.

제8장

—

뜻밖의 초대박

"선배님."

금이린은 진짜 눈물을 터뜨렸다. 상미의 연락을 받고 달려 온 아침이었다. 드레스 코드는 정장이다. 대기업에라도 취업된 듯한 모습이었다. 강토는 바랐다. 이 후배, 대기업에 취업된 것처럼 만족할 수 있는 직장이 되기를.

"야, 너무 좋아하지 마라. 우리 대표님, 존 열정 착취할 거거든."

상미가 슬쩍 엄포를 놓는다.

"그래도 좋아요. 친구들이 저보고 로또 맞았다고 한턱 안 내면 그냥 안 둔대요. 라파엘 교수님도 선배님이라면 유럽의 조향 회사 들어간 것보다 나을 거라고 축하해 주셨고요."

"흐음, 라파엘 교수님께 홍보비 드려야겠네?"

강토가 웃었다.

"저, 정말 열심히 할 거예요. 다들 선배님 하우스에 오고 싶어 하는데 재주도 없는 저를 뽑아 주셔서 정말 감사합니다."

"음, 그건 아니야. 우리는 재주 없는 금이린을 뽑은 게 아니라 열정에 불타는 금이린을 스카우트한 거야. 향수를 잘 모르는 사람들, 향수를 알고 싶어 하는 사람들에게 향수의 세계를 잘 알려줄 거라고 생각되어서 말이야. 옆의 배 실장처럼."

"저 잘할 수 있어요. 아니, 잘할 거예요."

"그리고 여기 온 이상 우리 넷이 같은 멤버야. 금이린도 밖에 나가면 블랑쉬 하우스를 대표하는 거니까 명심해 줘."

"……."

강토 말이 금이린의 감동에 불을 붙였다. 취업이 요원한 졸업생이었다. 죽어도 조향 관련 일을 하고 싶었다. 하지만 시시한 공방의 조수로도 불러 주지 않았다. 하다못해 향수 판매장에도 들어가기가 어려웠다. 그런 차에 선택을 받았다. 그건 정말이지 놀라운 사건이었다. 상미의 전화를 받았을 때 귀가 먹먹하고 심쿵한 상태가 5분도 넘게 지속되었던 금이린이었다.

그런데.

강토가 말하고 있다.

스카우트란다.

같은 멤버란다.

블랑쉬 하우스를 대표한단다.

허드렛일만 시켜도 고마웠을 판에 동등한 자격을 준 것이다.

"선배님······."

"대표님, 애 아무래도 라벤더 차부터 한잔 먹어야겠네요. 애가 소금물에 젖은 꽃잎처럼 흐물거리잖아요?"

명랑한 다인이 끼어들었다.

"그러자. 아예 한 100잔쯤 먹여서 '우리 찐 멤버' 하고 물들여 버릴까?"

상미도 가세를 한다.

"하앙."

금이린은 감격을 이기지 못하고 주저앉았다.

한참을 울게 두었다.

감동을 막을 권리는 강토에게도 없었다.

하우스 소개는 강토가 직접 했다. 금이린에게 주는 자부심이었다. 하우스 공간은 그리 넓지 않지만 멤버만 들어가는 장소도 있었다. 향수가 익어 가는 숙성실, 향료 보관실, 그리고 마지막으로 강토의 조향 오르간 착석이었다.

"앉아."

강토가 오르간의 의자를 권했다.

"네?"

금이린이 화들짝 놀란다.

"앉아서 사진 한 장 찍어. 우리 하우스에 멤버가 되었다는 인증 샷 말이야."

"선배님."

"아, 아니다. 기왕이면……"

강토가 상미와 다인을 불렀다. 금이린을 의자에 앉히고 병풍처럼 둘러섰다. 그녀를 위해 배경이 되어 준 것이다.

찰칵.

금이린이 셀카를 찍었다. 바짝 긴장하고 있으니 두 번 찍을 생각은 못 했다.

"그럼 근무 시작? 필요한 건 배 실장에게 물어보고, 의견 같은 거 있으면 언제든 자유롭게 제기, 이상."

강토가 금이린의 첫 근무를 명했다.

그사이에 반가운 손님이 도착했다. 현아와 김 감독이었다.

"현아, 감독님?"

강토가 두 사람을 맞았다.

"시사회 준비는 안 하고 웬일이세요?"

"지금 시사회 준비하러 온 겁니다."

감독이 답했다.

"예?"

"닥터 시그니처 모셔 가려고요. 오늘 시간 내 주신다고 했었죠?"

"그렇긴 하지만… 저야 오라고 연락하시면 되죠."

"돌아보니 닥터 시그니처가 제 영화의 막외(幕外) 주연배우시더군요. 이렇게라도 성의를 표시하고 싶었습니다."

"……?"

"준비된 거죠?"

현아가 대화에 들어왔다.

"응……."

"감독님 얘기 들었어요. 새로운 아이템까지 만들어 주셨다고……."

"뭐, 나도 스태프 대우를 받으려면……."

"기대되요."

현아 눈이 살짝 풀린다.

"배 실장."

강토가 상미를 돌아보았다.

"오늘 예약 상담자들 때문에 자리 지켜야 해. 권 실장도 향료 점검해야 하고. 그러니까 이린이 데려가. 복장도 정장이라 시사회에 딱이네."

상미가 금이린의 등을 밀었다.

강토와 금이린은 현아의 차에 올랐다. 강토 차가 있지만 현아가 고집을 부렸다. 이제는 똥차가 된 아베오였다. 따로 가겠다고 하자 차가 나빠서 그러냐고 눈총을 쏘니 어쩔 수 없었다.

"새 직원?"

도로로 나오자 현아가 뒤를 돌아보았다. 금이린은 처음 본 것이다.

"금이린입니다. 잘 부탁합니다."

금이린이 바로 반응했다.

"제가 잘 부탁해야죠. 블랑쉬 하우스는 예약도 어려운 곳인데……."

현아가 웃었다.

"그나저나 차는 왜 안 바꿔?"

강토가 물었다.

"정들었잖아요?"

"그렇긴 한데… 대스타께서 타기엔 너무 협소하잖아?"

"저, 대스타 아니거든요."

"그래도 좋은 차 탈 정도는 되잖아?"

"안 그래도 메리언의 패션쇼에 다녀오면 바꿀 생각이에요. 오빠랑 똑같은 방개차로."

"엥?"

"안 돼요?"

"아니, 안 될 것까지는……."

"메리언도 방개차로 바꾼다고 하던데요?"

"엥? 진짜?"

"네, 우리끼리 자주 통화하고 메시지도 주고받아요. 메리언이 왠지 친언니처럼 살뜰해서요."

"……"

강토 심장이 잠시 출렁거렸다. 전생이라는 것, 이쯤 되면 대놓고 무시할 수도 없는 것 같았다.

"아무튼 언니도 노란 방개차 산대요. 그래서 저도 노란 방개차 뽑기로 했어요."

"그건 그렇고 혹시 오늘 스타나 귀빈들 많이 와?"

"저예산 영화니까 많이는 아니어도 꽤 올 거예요. 감독님이 인품이 있으시잖아요."

"차 좋은 거 타는 분들은?"

"굉장히 많죠. 요즘 웬만하면 외제 차 아니에요?"

"그럼 그분들 차 좀 구경할 수 있을까? 몇 대만이라도……"

"오빠도 차 바꾸게요?"

"아니, 새로운 향수 구상에 필요해서……"

"차 향수 만드시게요?"

"응."

"와아, 기대된다. 안 그래도 요즘 쓸 만한 차량 디퓨저 없나 살펴보던 참인데……"

"잘 매칭시켜 주면 향수 나올 때 한 병 보내 줄게."

"음, 그렇다면 목숨 걸고 해야죠. 저만 믿으세요."

"시사회 전에 몇 대, 끝난 후에 몇 대로 나눠서 하자. 오래 걸리지는 않을 거야."

"넵, 명령을 받자옵니다."

현아가 매조지를 한다. 시사회장 앞이었다.

김재한 감독.

현아 말대로 인복은 많았다. 덕분에 고급진 차량들을 한자리에서 보게 되었다. 강토가 차를 찜하면 현아가 차주에게 소개를 했다. 인사를 하고 차량에 잠시 탑승을 해 본다. 차량 안의 냄새와 환경을 분석하는 것이다. 그들에게는 차가 마음에든다는 핑계를 댔다.

고급 차들.

냄새는 어떨까?

솔직히 말하면 굉장히 실망스러웠다. 겉은 번지르르한 연예인에 재력가들이지만 차량 관리는 엉망인 사람이 많았다. 어떤 차는 곰팡이 냄새도 풍겼고 향수라고 뿌린 실내 방향제가악취에 가까운 경우도 있었다.

물론 강토 후각 기준이었다. 보통 사람이라면 그냥 넘어갈수도 있었다.

여자들 차량은 형편이 나았다. 그녀들 자신이 뿌린 향수 분자들 때문이었다.

그나마 최신 디퓨저라도 들여놓은 건 여자들이었다. 하지만 그 차량들 역시 향이 잘 매칭된 경우는 거의 없었다.

시사회 전이니 일단 여섯 대만 체크를 했다. 주안점은 차량 자체의 냄새에 두었다. 개별 향은 차이가 심하니 제외한 것이다. 새 차와 연식이 오래된 차의 차이를 주목했다. 그들 차 시트커버 냄새도 일일이 확인을 했다. 그 커버가 어떤 가죽인지까지도.

"우리 시사회를 도와주실 닥터 시그니처십니다."

대기실의 김 감독이 강토를 소개했다.

"어머, 그 향수 만드시는 분요?"

여자 배우들은 바로 알아듣는다.

"이야, 요즘 이분 모르면 간첩이라더니……."

감독이 머쓱한 표정을 지었다. 강토를 처음 보는 사람은 많아도 닥터 시그니처라는 소문을 못 들어 본 여자 연예인들은 많지 않았다.

"닥터 시그니처, 향수 소개 좀 부탁드려요. 제가 예고만 던져 놓고 공개는 하지 않았거든요."

감독이 강토를 바라보았다.

"금이린."

강토 지시가 떨어졌다. 차 안에서 설명을 들었던 금이린, 떨리는 마음을 달래며 연예인과 재력가들 앞으로 나섰다.

"잠깐만 눈을 감아 주시겠어요? 그리고 놀라지 마시기 바랍니다."

"놀라?"

연예인들이 눈을 감는다.

치잇.

그 허공에 향수가 분사되었다. 한 번, 두 번, 세 번이었다.

"어머?"

"어엇?"

향이 내려앉자 음미를 하던 사람들이 화들짝 놀라 눈을 떴다.

"뭐예요? 괜히 오싹해지잖아요?"

"이것 봐요? 닭살이 돋았어요?"

연예인들은 서로 움츠린 채 어쩔 줄을 몰랐다.

"그게 바로 좀비 향수라는 겁니다. 시사회의 리얼한 체험을 위해 닥터 시그니처께서 애를 써 주셨죠. 그것 말고 다른 것도 두 가지나 있으니 함께 놀라 주시기 바랍니다."

감독이 또 다른 예고를 던졌다.

이 예고는 시사회 직전에 관객들에게도 공개되었다. 원래는 영화가 끝난 다음에 무대인사를 하는 게 관행인 시사회. 그러나 김 감독은 그 반대로 시작했다. 영화가 시작되기 전에 무대에 올라간 것이다.

"상영 중에 좀비 향수 냄새가 나더라도 놀라지 말라고?"

"그런 향수도 있나?"

"솔까 3D 안경도 아니고 향수라니 개쌩뚱."

"뭐, 별거겠어? 드라이아이스에 시체꽃 냄새 같은 거 뿌려 대겠지. 영화나 잘 만들지 말이야……."

관객 일부는 냉소적이자 개무시로 나왔다.

그런 그들에게 경악을 안겨 준 건 바로 그다음 순간이었다.

"여러분, 오늘 좀비의 품격 시사회의 만끽을 위해 마련한 좀비 향수 1탄은 이미 시작이 되었습니다. 다들 절대 놀라시지 말고 벽을 돌아보시기 바랍니다."

"벽?"

관객들의 시선이 벽으로 향했다. 감독과 배우들을 보느라고 신경 쓰지 않던 곳이었다.

순간.

"악."

"까아."

여기저기서 비명이 터져 나왔다.

좀비였다.

벽마다 좀비 분장의 배우들이 서 있었다. 신기한 건 그들이 공개된 모습이라는 거였다. 벽 뒤에 숨거나 은신한 게 아니었다. 그럼에도 관객들은 그들을 거의 의식하지 못하고 있었다.

「무관심 향수」

그 위력이었다.

인간은 후각에 예민하다. 누군가 다가오면 기척으로 알지만 그 기척에는 체취도 섞여 있다. 그런데 이들 좀비 분장 배우들에게는 그게 없었다. 발소리를 내지만 않으면 지척으로 다가서도 느낌이 없었다. 강토가 만든 무관심 향수. 초대박 반응이었다.

짝짝짝.

좀비 배우들이 기립 박수를 받으며 무대로 나왔다.

김 감독은 보았다. 관객들 여기저기에 포진한 영화평론가들과 영화 담당 기자들. 그들이 기사 작성에 돌입하고 있는 걸. 상당수는 애걸하다시피 모셔 왔지만 평이나 기사 작성은 그들의 몫이었다. 그런 그들이 반응하고 있었다.

일단은.

몹시 고무적이었다.

"여기예요."

현아가 강토에게 관람석을 권했다. 금이린과 함께 세 자리였다. 좌석은 강토가 원했다. 향수 세팅이 끝났으니 돌아가도 되었다. 하지만 그러지 않았다. 영화는 김 감독의 작품이지만 향수는 강토의 작품이었다. 처음 만든 좀비 향수였으니 현장의 반응을 보고 싶었다. 늘 아름답고 향기로운 향수만 만들다 일탈한 작품에 대한 호기심이기도 했다.

"좀비 영화 괜찮아?"

강토가 금이린에게 물었다.

"괜찮아요."

금이린이 답했다.

다른 관객들은 문제가 없다. 좀비 영화임을 알고 신청한 사람들 중에서 선발을 했다. 나름 좀비 영화의 마니아들이니 느닷없이 비명을 지르거나 겁에 질릴 사람은 없었다.

영화가 시작된다.

시작부터 작은 앵글이 시선을 끈다. 앤틱한 배경이다. 소품들도 그랬다. 야구공보다 조금 작은 스테인리스 공이다. 주인공이 들어 보니 속이 비어 있다. 어쩌면 감독의 수집품을 내놓은 건지도 모른다.

주인공이 오래된 미닫이문 앞으로 다가선다. 그걸 민다. 오래된 문이라 바닥이 붙어 버렸다. 주인공은 힘에 부쳐 낑낑거린다. 오직 문 여는 것에만 집중하자 겨우 문 뒤의 공간이 드러난다. 얇은 베일이다. 주인공이 무심하게 베일을 떼어 낸다. 관객들이 긴장하지만 안에는 먼지와 잡동사니들밖에 없었다.

기대가 깨지는 순간, 뒤에서 통 하는 소리가 적막을 깨 버린다.

'바로 지금.'

강토가 향수 세팅 포인트를 보았다. 환기 시설 내부에 있는 노즐이었다.

여섯 개의 포인트에 장착한 향수가 안개처럼 분사된다. 좀비 향수의 공습이다. 으스스하고 음침한, 그러나 연민이 깃든 향이 관객을 덮친다.

'5—4—3······.'

강토의 카운트가 시작된다.

화면 속 앵글은 스테인리스 공을 잡고 있다. 테이블에서 떨어져 통통거리며 주인공에게 굴러간다. 주인공이 무심코 집어들 때였다. 그의 두 다리 사이로 엿보이는 미닫이문 안의 풍경… 미닫이문 안의 잡동사니들이 흩어지면서 좀비들이 일어서고 있었다.

'2—1······.'

강토의 카운트가 끝났다.

좀비 향수가 관객들 후각으로 인지되는 그 시점, 관람석의 체취가 순식간에 서늘하게 변했다.

느긋한 자세에서 움츠리는 긴장감의 강림.

대반전이었다.

*　　　　*　　　　*

긴장 100%였다. 호흡이 낮아지고 움직임도 거의 멈췄다.

"끼이에에."

좀비들이 주인공을 향해 돌진한다.

이 씬이 넘어가자 관객들이 숨을 돌렸다. 향수 때문이었다. 향수는 딱, 거기까지만 작용하도록 분사량을 맞춘 것이다.

강토에게 기댄 현아가 몸을 세우며 엄지척을 날려 준다. 그녀도 오싹했다는 뜻이었다.

두 번째 향도 성공이었다. 이번에는 좀비들의 소굴이었다. 건물의 지하실에 살림을 차린 좀비들. 주인공은 그들과 통하는 법을 알았다. 그렇기에 공존의 방법을 모색하고 있었다. 햇빛을 싫어하는 그들에게 식량을 조달하는 것이다. 근처에 양어장이 있었다. 그 실험을 위해 하루 세 마리의 잉어를 잡아다 놓았다. 좀비들은 그걸 먹고 나대지 않았다. 그게 가능한 건 좀비의 딸 때문이었다. 그들에게는 아직 무사한 딸이 있었다. 두 좀비는 다른 좀비와 달랐으니 보호본능의 일부가 남아 있었다.

'윽.'

지하실로 내려가던 주인공이 발을 헛디뎠다. 몇 바퀴를 구르다 지하실 문과 충돌했다. 미처 몸을 세우기도 전에 지하실 문이 열렸다.

강토가 허공을 보았다.

츠츠츳.

향수는 이미 5초 전부터 분사되고 있었다. 조금 더 강력해진 좀비 향수였다.

관객들의 체취가 다시 변하기 시작했다. 아까보다도 전격적이었다. 영상과 후각이 하나가 되니 몰입감이 높아진 것이다. 당연히 만족도도 올라갔다.

영화는 이제 엔딩을 향해 달려간다.

좀비 부부를 해치려는 다른 좀비들로부터 부부를 구한다. 마지막 우두머리를 박살 내고 숨을 돌릴 때 연구원에 근무하던 여친이 달려온다.

치료제가 나온 것이다.

잠깐 나오는 연구원이 바로 현아였다.

주인공이 좀비 부부와 함께 좀비가 되지 않은 그의 딸을 구한다. 좀비 부부가 흉측한 외모에서 원래의 모습으로 살짝 돌아온다. 그 순간, 마지막 향수가 분사되었다.

「아세토페논」

단 하나의 노트로 이룬 개운한 뒷맛의 향수였다.

"으응?"

관객들이 허공을 두리번거린다. 수선화 향이었다. 오렌지꽃 냄새도 났다. 심지어는 달달한가 싶었고 한여름 햇빛에 닿는 따뜻함도 느껴졌다. 마무리는 애니멀릭의 중후함이다.

아세토페논이 갖은 매력을 최대한으로 살려 완벽한 향수로 연출해 버린 강토였다.

무대 위에서는 자막이 올라가고 있었다. 강토 이름은 뜻밖의 타이틀을 달고 나왔다.

「시사회 향수 감독 닥터 시그니처」

하지만.

관객들의 주목은 받지 못했다. 자막이라는 게 원래 그랬다.

무대에 불이 켜진다. 마이크를 들고 등장한 건 현아였다.

"여러분, 김재한 감독님과 그 스태프들입니다."

임시 사회를 맡은 그녀가 무대 끝을 가리켰다. 김재한 감독과 주연배우들, 조연 좀비들, 그리고 주요 스태프들이 올라왔다.

"와아아."

짝짝.

환호와 함께 박수가 쏟아졌다. 다음 상영이 이어지는 1시간 공백 동안의 팬 미팅 시간이었다.

"여러분."

김재한이 마이크를 이어받았다.

"영화 어땠습니까?"

"솔까 큰 기대 안 하고 왔는데 대박입니다."

"저도 시간 남아서 시사회 참가했는데 가성비 갑이었어요."

"저는 엠파이어 오브 좀비도 보았는데 갈래는 다르지만 경쟁력 있어 보입니다."

관객들이 호응을 했다.

"효과 장치로 넣은 BGP는요?"

"초대박."

"어디 가면 살 수 있어요?"

호응이 더 깊어졌다.

"예고한 대로 향수는 세 번을 썼습니다. 좀비 씬을 부각시키기 위해 두 차례 분사를 했고 조금 전 엔딩 타임에 해피한 대단원을 위해 분사가 되었습니다. 저의 스태프를 위해 향수로 찬조 출연을 해 주신 닥터 시그니처를 소개합니다."

김재한이 관람석을 가리켰다. 전화 메시지를 확인하던 강토가 고개를 들었다. 현아까지 손짓을 하니 호출을 당해 주었다.

무대로 올라가 관람석을 향해 인사를 했다.

짝짝짝.

박수는 뜨거웠다.

이제 관객들이 무대로 올라왔다. 일부 배우들은 관람석으로 내려갔다. 기념 촬영 시간이었다. 감독과 주연배우들, 좀비 배우들의 인기가 높았다.

그런데.

강토의 인기는 더 높았다.

많은 사람들이 강토에게 몰려든 것이다.

"좀비 향수, 그거 상품인가요?"

"어디 가면 살 수 있나요?"

질문이 봇물을 이룬다.

"그건 파는 게 아니고 시사회를 위해 특별히 만든 시그니처였습니다."

강토가 답했다.

"판매 계획이 없다는 건가요?"

"판매하면 안 돼요? 향수가 너무 재미난데?"

질문이 끈질기게 이어진다.

"죄송합니다. 다음 상영을 위해 팬 미팅을 마치겠습니다."

현아의 멘트가 강토를 구했다.

"대표님."

금이린이 강토에게 다가와 핸드폰 화면을 보여 주었다. 인스타그램과 페이스북, 트위터 등이었다.

#좀비 향수

#좀비의 품격

#닥터 시그니처

#좀비의 품격 시사회

해시태그를 붙인 검색어들이 줄을 잇고 있었다.

강토 기분이 좋아졌다.

김재한 감독이 노리던 팬들의 SNS 홍보가 시작된 것이다. 하지만 강토는 알지 못했다. 상품화는 생각도 안 해 본 좀비 향수의 광풍이 하우스를 덮쳐 올 거라는 사실.

짝짝짝.

두 번째 시사회까지 성황리에 끝났다. 큰 기대 없이 들어온 관객들은 흐뭇한 표정을 머금고 시사회장을 나갔다. SNS의 반응은 이때부터 슬슬 큰 파문이 되기 시작했다.

"오늘 좀비 향수 만드신 닥터 시그니처세요."

현아의 도움으로 마무리가 시작되었다. 아까 보지 못한 차들에 대한 냄새 분석이었다. 현아가 잘 모르는 사람들은 김 감독의 도움을 받았다. 차주들은 기꺼이 문을 열어 주었다. 대박인 것은 롤스로이스가 있다는 사실. 하지만 차 안의 냄새는 조금 실망이었다.

액티브하게 바뀔 신모델을 감안하며 향을 적용시킨다. 올드한 모델이라도 다른 차보다는 느낌이 나왔다.

두 번째 차량 안에는 커피 주머니가 있었다. 세 번째 차량 뒤편에는 모과가 세 개 담겨 있다. 보편적으로 차량이 깨끗하면 뭐든 방향제가 있었고 너저분하면 없었다.

일부 차량들은 향 시스템을 갖춘 차였다. 그 차량조차 향 시스템이 작동하지 않았다. 연식이 오래되자 관심을 꺼 버린 것이다.

가죽 시트.

강토의 집중은 그것이었다. 연식에 따라 변해 가는 냄새를 파악했다. 신차도 가죽 시트를 달고 나온다. 그 시트의 냄새가 변해 가는 것도 참고가 되어야 했다.

마지막 차량은 김 감독의 오랜 지인. 그의 허락을 얻어 향수를 세팅해 보았다. 푸근한 레더 노트와 우디한 향을 섞은 것이었다.

"이야, 차가 확 달라지는데요?"

그가 반색을 한다.

"어? 진짜네."

김 감독도 동의.

"이거 어디서 살 수 있나요?"

감독의 지인도 그 질문을 빼먹지 않았다.

"귀한 차 빌려주신 보답으로 뿌려 보았습니다."

강토의 답이었다.

"덕분에 시사회는 선방한 거 같네요. 스태프들과 뒤풀이 갈 건데 같이 가시겠습니까?"

감독의 요청이 나왔다.

"앗, 죄송합니다. 저희도 오늘 신입 직원 환영회가 있어서 요."

"아쉽군요. 같이 가시면 다들 좋아할 건데……."

"영화, 대박 나기를 바랍니다."

소망을 전하고 현아 차에 올랐다. 현아 역시 야간 촬영이 있어 뒤풀이에 갈 형편은 아니었다.

"오빠, 오늘 너무 고마웠어요."

차 안에서 또 현아의 치사를 받았다.

"이 영화, 손익분기점이 얼마야?"

"80만 명이라고 들었어요."

"그럼 더도 말고 300만 명만 들어오면 좋겠다."

"저도요."

기원을 나누는 사이에 하우스에 도착했다. 어느새 어둠이 자욱한 밤이었다.

"그럼 다음에 봬요."

현아는 바로 떠났다.

"금이린, 소감이 어때? 생각보다 힘들지?"

하우스 앞에서 강토가 물었다.

"아뇨, 저 너무 좋았는걸요? 유명한 사람들도 보고, 대표님 향수도 체험하고⋯ 영화관에서 보니까 샘플 시향 할 때보다 더 오싹하더라고요."

"조금 늦었는데 힘들면 환영회는 내일로 미루고."

"저는 괜찮아요. 밤을 새워도 될 것 같아요."

"대표님."

마당에 들어서자 상미가 뛰어나왔다.

"왜? 무슨 일 있어?"

"있지. 검색어 못 봤어?"

"검색어?"

"좀비의 품격, 닥터 시그니처, 좀비 향수⋯ 지금 난리가 났어."

"⋯⋯?"

강토가 핸드폰을 확인했다. 정말 그랬다. 검색어만큼은 미국의 블록버스터 좀비 영화를 넘고 있었다.

"그리고 우리도⋯⋯"

상미가 블랑쉬 하우스 공식 트위터와 인스타그램을 연다. 거기 폭풍 좋아요가 찍히고 있었다.

―좀비 향수 만들어 주세요.

―좀비 향수 사고 싶어요.

온통 그런 댓글이었다.

뜨거운 반응에 밀려 시그니처를 만들기로 했다. 상미가 바로 공지를 올렸다.

「좀비 향수, 여러분의 성원에 하루만 예약 신청을 받습니다. 신청은 오늘 오후 7시부터 내일 오후 7시까지, 가격은 50㎖ 6만 원입니다.」

"자, 이제 파릇한 신입 금이린 환영회로 고고싱?"

상미가 매장의 전등 스위치를 내렸다.

*　　　*　　　*

"소감 어땠냐?"

향기 바 안에서 상미가 금이린에게 물었다.

"꿈만 같아요. 대표님 하우스에서 일한다는 사실하며 향수랑 같이 있다는 사실, 오늘 시사회장에서 스태프 중의 한 분이 제게 선생님이라고 불러서 굉장히 놀랐어요."

"왜?"

"저는 그냥 아무것도 아닌데 선생님은……."

"애 봐라. 그새 대표님 말을 잊었네. 어제까지는 아무것도 아니었을지 몰라도 오늘부터는 너도 블랑쉬의 멤버야."

"실장님……."

"처음이니까 봐주지만 다음에는 안 돼. 블랑쉬 하우스 멤버의 자부심 말이야."

"알았어요."

"아오, 너무 쪼지 마라. 자기도 처음에는 눈만 샤방거리고 정신머리 없었으면서."

다인이 지나간 팩트를 던져 준다.

"그러니까 더 잘 가르쳐야지. 나는 나 같은 선배가 없었거든."

"자꾸 그러면 이린이 내가 가의도로 데려간다?"

"뭐야?"

상미와 다인이 애정을 겨룬다.

"하긴 봄꽃 만발하면 이린이도 가 보긴 해야 할 거야. 추출하는 과정도 보고 직접 해 보기도 해야 고객들에게 설명을 잘할 수 있지."

강토가 대화에 들어왔다.

"벌써부터 기대가 돼요. 저 향 포집도 한 번 못 해 봤거든요."

이린의 마음이 봄볕을 받는다.

그 봄볕 나는 수선화 향이 가미된 칵테일로 건배를 했다.

술은 절대 강권하지 않았다.

하지만 마시는 것 자체를 말리지도 않았다.

이린은 살짝 오버를 했다. 하우스 분위기에 취하고 향기 칵테일에 취한 것이다.

"야, 금이린, 너는 왜 향수에 빠졌냐?"

분위기가 고조될 때 상미가 물었다.

"여중 때 담임 선생님 때문에요."

"남자?"

"네."

"남자가 향수 뿌리고 다녔어?"

"네."

"뭐?"

"블랙베리 앤 베이요."

"오, 뭐 좀 아는 담임이시네?"

"그런데 바로 전근을 가 버리셨어요."

"헐."

"다른 선생님이 오셨는데 이분은 향수는커녕 체취가 좀 구렸어요. 그러다 보니 그 선생님 생각이 났는데 나중에는 선생님 얼굴은 잊히고 향만 남더라고요. 그런 향수랑 같이 사는 직업 가지면 좋겠다 싶어서 조향학과에 들어갔어요."

"그때 우리 대표님하고 내 소문 들었지?"

"네."

"뭐라고?"

"솔직히 말해도 돼요?"

"솔직히 말 안 하면 앞으로 괴로울 줄 알아."

"……."

"아이고, 조크다, 조크. 그러니까 솔까말."

"솔직히 까놓고 말하자면, 우리 과 선배들 중에 후맹이 있다. 장미와 재스민 구분도 못 한다……."

"그때 무슨 생각 들었어?"

"솔까말… 나보다 못한 사람도 있구나?"

"지금은? 그 소문 아직 그대로야?"

"당연히 아니요. 후맹은 역대급 위장이었다. 원래는 후각의 천재들이었다. 뜻한 바 있어 정체를 숨기고 살다가 어느 날 진짜 실력을 발휘해 학교를 뒤집어 놓았다……."

"후각의 천재들? 그럼 나도?"

"네……."

"진짜?"

"네… 옴니스 스터디 전부요. 그래서 지금 우리 후배들은 서로 옴니스의 후예를 자처하고 있어요."

"아고, 역쉬 내가 사람 보는 눈이 있지. 얘가 뭘 아네."

상미가 이린을 끌어안았다.

"배 실장도 취했네. 새로 온 후배 데리고 생쇼를 다 하고……."

다인이 혀를 찼다.

"좀 하면 어때? 귀요미라서 그러는데……."

"그나저나 대표님."

다인이 강토를 바라보았다.

"응?"

"좀비 향수 말이야, 반응이 괜찮던데 향료 조달 괜찮겠어?

몇십 개라면 몰라도 그 이상이면 대표님이 일일이 만들어야 할 텐데… 롤스로이스 신모델 향수 작업에 추진진 결혼식 향수, 기타 연예인들 향수와 백화점들 향까지… 자칫하면 과부하가 걸릴지도 몰라."

"야, 좀비 향수가 신청 들어와 봐야 몇십 개겠지. 설마 몇천 개, 몇만 개가 들어오겠니?"

상미가 핸드폰을 열었다. 그 시선은 바로 돌처럼 굳어 버렸다. 홈페이지 서버가 다운되어 버린 것이다.

"이, 이거 왜 이래?"

상미가 버벅거리기 시작했다. 홈페이지는 많은 공을 들였다. 많은 돈도 들였다. 그렇기에 한 번도 사고가 없었다.

"실장님, 혹시?"

이린이 상미를 바라보았다.

"혹시? 혹시 뭐?"

*　　　　*　　　　*

신나게 놀았다.

모두가 젊은 나이들, 오랜만의 회식에 꼰대 고춧가루가 낀 것도 아니니 칵테일이 술술 들어갔다. 이린의 학교생활도 재미난 양념이 되었다. 그녀 역시 서러운 에피소드가 많았으니 강토와 상미의 폭풍 공감을 받았다.

집으로 오는 길, 대리 기사를 불러 핸들을 맡기고 검색창을
눌렀다.

"……?"

강토가 소스라친다. 좀비의 품격은 이때까지도 SNS를 달구
고 있었다.

아쉬운 건 상영관의 자리가 절대적으로 모자란다는 점. 그
나마 감독이 원하던 홍보는 된 것 같아 뿌듯했다.

이제 롤스로이스 신모델 향수 개발에 박차를 가할 때였다.

그러고 보니 향수는 사람에게만 필요한 게 아니었다. 어느
덧 현대인의 분신이 되어 버린 핸드폰. 이 폰에도 향기 시스템
을 설치하면 어떨까?

어떤 폰은 장미 향이 나고.

또 어떤 폰은 아이리스 향.

그리고 시원한 감귤꽃 향…….

향기의 세계는 무궁무진했으니 하루가 기우는 게 아쉬울
뿐이었다.

'북엇국 냄새…….'

이른 아침에 눈을 떴다.

다락방이었다.

차량 향수 스케치를 하다 잠이 들었다. 그 틈새로 구수한
북엇국 냄새가 밀려들었다. 할아버지의 애정 어린 테러(?)가
분명했다.

이렇게 구수한 냄새를 피우면 어떻게 자란 말이야.

다락문을 열고 내려왔다.

"깼냐?"

할아버지는 주방에 있었다.

"냄새 죽이는데요?"

"황태가 좋길래 구해 둔 게 있었다. 닥터 시그니처라면 이 정도는 먹어 줘야지?"

할아버지가 국을 뜬다.

사실 별것 들어간 건 없었다.

마른 황태를 먹기 좋게 찢고 굵은 대파를 큼지막하게 썰어서 마늘과 계란 하나를 깬 후에 살살 버무린다. 그런 다음에 다시마로 육수를 낸 끓는 물에 넣고 끓이면 그만이다. 재료라고는 황태와 대파, 그리고 계란 하나. 그럼에도 이 맛은 한 번도 강토를 배신한 적이 없었다.

"그럼 준비는 잘되어 가세요?"

국물을 마시며 물었다.

"그래도 내 걱정 할 시간은 있구나?"

"할아버지는 내가 챙겨 줘야 잘하시잖아요?"

"그건 인정한다. 하다못해 속옷도……."

"요즘은 에브리데이 갈아입죠?"

"그렇게 습관을 들이니까 그렇게 되는구나. 방 여사가 한 말도 있고……."

"뭐라시던데요?"

"처음에는 나한테 꿉꿉한 냄새가 났다더라. 지금 생각해 보면 역시 속옷인가 싶기도 하고……."

"아마 그럴 거예요. 저 파리에서 돌아왔을 때 코가 썩는 줄 알았거든요."

"좀비 향수인가 뭔가는 어땠냐?"

할아버지가 묻는다. 재미난 향수를 만들고 있다고 말했기 때문이었다.

"영화관 안에서의 반응은 괜찮았어요. 나머지는 관객들 몫인데 잘될 거 같아요."

"한번 궤도에 오르니까 못 하는 게 없구나. 네 작은아버지 말로는 병원에서도 네 향수 덕을 많이 본다던데?"

"으음… 그러고 보니 어제 다녀가셨네요?"

강토가 후각을 다듬는다. 거실에 작은아버지의 체취가 남았다.

"너한테 또 부탁할 게 있는 눈치던데?"

"그래요? MRI 향수가 떨어졌나? 제가 이따가 연락해 볼게요."

"올해는 어떠냐? 가의도에 많이 내려가냐?"

"작년처럼은 안 갈 것 같아요. 대신 해외를 많이 갈지도 모르겠어요."

"좋지. 젊을 때는 그렇게 살아야 한다. 넓고 넓게."

"할아버지랑 예멘 한번 가야 할 텐데요."

"그렇잖아도 하산이 재촉을 하더라. 생활이 좀 어려워지니 옛 친구가 그립다냐?"

"요즘은 용연향 안 나오나 보죠?"

"그거야 그들의 로또 아니냐? 나올 때는 거푸 나오다가 안 나올 때는 몇십 년 동안 잠잠한……."

"혹시라도 용연향 나오면 저한테 팔라고 하세요."

"네 코라면 직접 가서 찾는 게 빠르지 않을까?"

"그렇군요. 메리언의 패션쇼와 연말의 추진진의 결혼 향수까지만 끝나면 한번 가요. 제가 일등석 비행기로 모실게요."

"아서라. 나는 이코노미 스타일이야. 너무 좋은 의자에 앉으면 멀미가 나서……."

"그럼 다녀오겠습니다."

설거지를 마친 후에 인사를 남기고 방개차에 올랐다.

어느새 봄기운이 느껴진다. 남산의 냄새가 그랬다. 흙이 깨어나고 풀과 나무가 깨어난다. 그 싱그러운 느낌을 미리 느낀 강토가 인사동을 향해 달렸다.

충무로를 지날 때 핸드폰 화면이 밝아졌다.

상미였다.

"굿모닝?"

강토가 아침 인사를 했다.

─굿모닝이긴 한데…….

상미 목소리가 굳어 있다.

"왜?"

—일어났어?

"출근 중."

—그럼 빨리 와 봐. 대형 사고가 터졌어.

"벌써 출근한 거야?"

—어젯밤에 다운된 홈페이지가 걱정되어서…….

"아직도 버벅거려?"

—아니, 쌩쌩 잘 돌아가.

"그런데 무슨 대형 사고?"

—와 보면 알아. 가능하면 강심제 같은 거 하나 먹고 오든지. 아니면 라벤더 향수라도…….

상미 전화가 끊겼다.

하우스에 대형 사고?

분위기를 보니 불이 난 건 아니겠고…….

새벽부터 중국 상류층 관광객이라도 몰려온 걸까?

그것도 아니면 기자들?

감이 잡히지 않는다.

이럴 때는 속도를 올리는 게 정답이다. 페달 밟는 강토 발에 힘이 들어갔다.

*   *   *

"······!"

강토 입이 벌어졌다. 뒤따라 출근한 다인과 이린도 그랬다.

홈페이지였다.

좀비 향수 예약 페이지였다.

「예약 건수 128,000」

「예약 건수 128,469」

「예약 건수 130,017」

「예약 건수 133,502」

실시간 예약은 강토가 지켜보는 사이에도 미친 듯이 올라가고 있었다.

"어떡해?"

상미가 강토를 바라보았다.

그사이에 예약은 14만을 찍었다.

"중단해."

강토 지시가 떨어졌다.

"응?"

"예약 중지하라고."

"하지만 오후 7시까지라고 공지를 내서······."

"비상 상황이잖아? 이건 우리가 감당하기 어려운 숫자야."

"알았어."

상미가 관리자 모드에 들어갔다. 겨우겨우 예약 프로그램을 세웠다. 긴급 공지가 올라갔다. 그사이에 홈페이지가 다운 되었다. 예약이 막히자 접속이 폭주한 것이다.

「148,322」

이때까지 예약된 좀비 향수의 숫자였다.

"와아……"

다인의 입이 다물어지지 않는다. 상황을 잘 모르는 이린은 분위기만 살필 뿐이다.

강토도 심각해졌다.

약 15만 병의 향수.

강토의 하우스는 시그니처와 니치 향수 전문이었다. 50병, 100병까지는 문제없다. 그러나 5만병이라면, 미니어처라고 해도 문제가 될 판이었다. 생산 시설이나 포장 시설이 달리는 것이다.

그렇다고.

5년 안에 만들어 드리겠습니다.

…라고 공지를 낼 수도 없었다.

확인을 해 보니 착오가 일어난 것과 극히 일부의 변심 취소를 제외하고는 입금이 완료된 상태였다. 무려 90억여 원이었다.

90억여 원.

소코트라의 용연향 얘기를 한 덕분일까?

용연향은 강토가 주운 것 같았다.

"대표님?"

다인이 강토를 바라본다. 그녀는 가의도로 내려갈 준비가 되었다. 그러나 상황이 이렇다 보니 강토의 지시를 기다리는 것이다.

「흰 곰팡이, 버섯, 흙, 나뭇잎, 이끼, 메탈릭 오이, 메틸 머캡탄, 인돌, 스카톨, 애니멀 노트」

강토가 좀비 향수의 원료를 소환한다.

다른 것들은 향료 도매상에서 구할 수 있었다. 문제는 기왓장으로 만든 냄새였다. 습하고 음산함을 리얼하게 살리기 위해 만들었던 냄새. 그러나 남은 기왓장은 그것과 조건이 달랐다.

물론 기왓장 냄새는 생략도 가능했다. 흙과 이끼 노트를 조절하면 유사한 향이 나올 수 있었다. 하지만 강토에게는 자존심의 문제였다.

일반인들은 모르겠지만 강토는 알고 있는 일.

그럴 수는 없었다.

"권 실장."

강토가 입을 열었다.

"응?"

"일단 가의도로 내려가."

"좀비 향수는?"

"내가 알아서 할게."

"대표님?"

"나도 이렇게 많은 예약이 들어올 줄은 몰랐어. 하지만 다행히 향료 도매상에서 구할 수 있는 향들이야. 그것 때문에 가의도의 스케줄을 미룰 수는 없잖아?"

"가의도 일은 아빠에게 잠시 부탁하면 돼."

"내가 안 돼. 권 사장님 능력은 존중하지만 그분은 조향사가 아니서."

"그건……"

"그러니까 일단 내려가. 지금 문제가 되는 건 기왓장 노트인데 내가 방법을 찾아볼게. 다행히 이린이도 있고……"

"으아, 대박 나는 게 고민이 될 줄은 몰랐네."

"권 사장님께 안부 전해 주고."

강토가 다인을 밀었다. 가의도의 향 추출은 거의 1년 농사였다. 게다가 향료 회사를 통해 구할 수 없는 것들도 여럿이었다. 그러니 한 치의 차질도 빚을 수 없었다.

"배 실장, 너만 믿고 간다."

다인이 문을 나선다.

강토는 마당 뒤편으로 걸었다. 그 걸음이 기왓장 앞에 멈췄다. 적당한 것들은 이미 사용을 했다. 나머지 것들은 향이 제대로 나올 게 없었다.

'어쩐다?'

생각에 잠길 여유도 없었다. 첫 번째 예약 손님이 들어서

버렸다.

*　　　　　*　　　　　*

"윤현수 과장님 조카시죠?"

40대 후반의 손님이 꺼낸 첫마디였다.

"네, 그런데요?"

"제가 SS병원 복부외과 장리예 과장입니다."

"아, 그러세요?"

"제가 복부 수술을 주로 하는데 스트레스가 심하거든요. 윤 과장님과 식사하다가 들었는데 요즘 우리 병원에서 향 치료를 맡고 계시다기에……."

"몇 가지 협력을 하고 있습니다."

"몇 가지가 아니더군요. 들어 보니 굉장해요."

"감사합니다."

"앞서 말씀드렸지만 제가 복부 수술 전공이잖아요? 사실 예전에도 좀 힘들었는데 그때는 젊은 기세로 대략 버텼어요. 그런데 작년에 췌장염을 앓고 난 후로는 견디기가 너무 힘드네요."

"구체적으로 어떤 게 그런가요?"

"다른 수술도 그렇지만 복부는 수술 때 악취가 심하게 날 때가 많아요. 염증이 심하거나 오래된 상처를 열 때는 정말이지 가스실에 들어온 듯한……."

"……."

"수술실 공기를 어떻게 바꿀 수 있을까 고민도 많이 했는데 멸균된 공간이다 보니 한계가 있어요. 어떨 때는 딸이 쓰는 향수를 뿌리고 들어간 적도 있는데 오히려 머리만 아프더라고요."

"뷰티플 플로럴이군요?"

"어머, 그걸 어떻게?"

"향이 남았어요. 암브레트에 바이올렛, 배와 자스민, 그리고 샌들우드와 머스크… 이런 향수라면 두 가지밖에 없거든요."

"와아, 움직이는 기체분석기라더니 헛소문이 아니네요. 그거, 이틀 전 수술 때 뿌린 건데……."

"잠깐만요."

강토가 잠시 후각을 세웠다. 과장의 냄새를 맡는다. 수술실 냄새는 그녀의 몸 곳곳에 남아 있었다. 일반인에게는 미미하겠지만 강토의 후각은 피할 수 없었다.

부패와 염증, 그리고 피비린내와 병든 체취들…….

"됐습니다. 잠깐만 기다리세요."

강토가 조향 준비에 들어갔다.

스케치가 펼쳐진다.

수술실에 쓸 향수.

좀 황당할 수도 있지만 최상의 선택이 될 수 있었다. 수술실은 멸균이 필요하기 때문에 아무 방향제나 쓸 수 없다. 자칫하면 환자에게 감염을 일으킬 수 있다. 그러나 향수는 안전하다. 대다수의 향수는 그 베이스가 알코올이기 때문이다.

향 베이스는 에센셜 오일로 정했다. 에센셜 오일은 슈퍼박테리아와 대장균 박테리아를 죽이는 능력자다. 그러니 고민할 것도 없었다.

다음으로 베르가모트와 네롤리, 체드라타와 레몬을 꺼냈다. 스케치의 방향은 신성한 시트러스 향이었다. 향도 향이지만 의미 또한 수술실에 어울렸다.

마조람과 레몬밤 등의 허브를 더하고 향을 맡았다.

조금 싱거웠다.

라벤더 향을 가미했다. 이건 수술을 받는 환자를 위한 선택이었다. 라벤더는 진정 작용이 있다. 다른 라벤더와 약간 다른 향료였다. 꽃과 잎, 줄기를 덮고 있는 털에 분포하는 기름샘이 최상급인 라벤더다. 이런 데 목적으로 쓰는 라벤더는 기름샘의 퀄리티가 중요하다. 오렌지 향과 만나면 라벤더는 더 활력이 붙는다.

마무리는 페티그레인에게 맡겼다. 달콤하고 묵직한 페티그레인이라면 상큼 일변도의 시트러스를 살짝 눌러 놓는다. 수술실에 쓴다지만 그래도 향수. 그 매력을 포기하지 않는 강토였다.

"한번 맡아 보세요."

스케치가 끝난 향을 장 과장에게 내밀었다.

"시원한데요? 약간 싸아하면서 단맛도 있고?"

"향수에서는 신성한 향으로 불리는 조합인데요, 소독 기능까지도 있으니 수술실 환경을 저해하지 않을 겁니다. 과장님 몸에 밴 수술실 냄새에 맞춰서 조향을 했으니 수술 스트레스가 줄어들 겁니다. 만약 문제가 있으면 연락하세요. 조금 교정할 수도 있으니까요."

"아뇨, 이런 느낌이라면 스트레스 안 받을 거 같아요."

"잠깐 나가 계시면 두 병 만들어 드릴게요. 하지만 숙성이 안 된 거니까 한 병만 가져가서 쓰고 계세요. 한 병은 제가 숙성을 좀 시킨 후에 가져다 드리겠습니다."

강토가 문을 가리켰다.

일어서는 그녀 손목에 묵주가 보였다.

'아.'

기왓장의 해결책이 떠올랐다. 방 여사와 함께 오신 스님이었다. 과천 기암사에 사시는 향일 스님. 그분이라면 해결책이 될 수 있었다.

『달빛 조향사』 8권에 계속…